高科恭介 ill.三九呂
義妹②
実妹
義妹①
俺に
義妹が出来た後の
実妹の変化がこちら

「先輩の好み、ですか……
良かったぁ……」
一戸瀬《ひとせ》（旧姓:深倉《ふかくら》）美穂《みほ》
皇季の新しい（義）妹その1。
明るく、皆に優しい性格で、
中学時代の皇季とは同じバスケ部の
先輩後輩にあたり、
当時から親しくしていた。

「妹になったので!!
名前で!!
呼んでください!!」
一戸瀬《ひとせ》(旧姓:深倉《ふかくら》) 未桜《みお》
美穂の妹にあたる、新しい(義)妹その2。
稀代の天才バスケ少女だが、
私生活では抜けたところもある
生真面目な女の子。

「おにいちゃぁん……ほら、大好きな妹だよぉ……」
一戸瀬《ひとせ》 雪姫《ゆき》
皇季の(実)妹。
典型的な"兄嫌い"だが、
義妹×2の登場により
キャラ崩壊が始まって……?
一戸瀬《ひとせ》 皇季《こうき》
年齢の割に大人びた性格の少年。
家族思いで妹の雪姫を
大事に思っているが、
態度が冷たくなったことに
心を痛めている。

俺に義妹が出来た後の実妹の変化がこちら

高科恭介

ファンタジア文庫

3365

口絵・本文イラスト　三九呂

CONTENTS

Ore ni Gimai ga dekita
ato no Jitsumai
no Henka ga Kochira

Vol.1

タ ー 紹 介

一戸瀬《ひとせ》 皇季《こうき》 15歳

年齢の割に大人びた性格の少年。妹や父親を含め、近しい相手が悲しむことを嫌う。実の妹である雪姫の態度が冷たくなったことに心を痛めつつも、新しく出来た二人の義妹も含めて大切に思っている。

一戸瀬《ひとせ》 雪姫《ゆき》 14歳

皇季の(実)妹。文武両道で学校での人気も高く、男女ともに慕われている優等生。しかし、家では典型的な“兄嫌い”。そんな中で出来た二人の義妹、そして二人に対してだだ甘なお兄ちゃんの姿を見て危機感を感じ、ツンデレが崩壊する。

キャラク

(旧姓:深倉《ふかくら》)

一《ひと》戸《と》瀬《せ》 美《み》穂《ほ》 14歳

皇季の新しい(義)妹その1。明るく、皆に優しい性格で、強豪バスケ部の現キャプテン。中学時代の皇季とは同じバスケ部の先輩後輩にあたり、当時から親しくしていた。雪姫の同級生でもあり、雪姫とはまた違った形で人気を博している。

(旧姓:深倉《ふかくら》)

一《ひと》戸《と》瀬《せ》 未《み》桜《お》 13歳

美穂の妹にあたる、新しい(義)妹その2。中学一年生にして全国MVPを取るほどの、稀代の天才バスケ少女。しかし、間違えて皇季を「ママ」と呼んでしまうなど、私生活では抜けたところもある生真面目な女の子。

序

「雪姫《ゆき》、スーパー行くけどなんか要る？」

アパートならではの狭い玄関でスリッポンをつっかけ、何の気なしに振り返った。

廊下と呼んで良いのかも分からないほど狭いスペースの先にあるダイニングでは、絨《じゅう》毯《たん》に転がってスマホを弄《いじ》っている我が妹の姿が見える。

やぼったい灰色のスウェットと、ろくに整えていない髪は実にだらしがないが、優等生の皮をぺりっと剝《む》いた自宅での雪姫はいつもあんな感じだ。

「……要らない」

「そうか」

スマホゲームに夢中でこちらを見向きもしない我が妹の、寒空にも負けない冷たい返事。

これもまたいつものことだと、俺は諦めて外に出た。

鉄製の外廊下は赤錆《さ》びていて、階段は降りる度にからんころんと軽い音を立てる。

よく貧乏くさいと言われるが、俺はこの音は嫌いじゃない。十年も同じ階段を上り下りしていれば愛着も湧いてくるというものだし、今ではこの音を聞くことで心が落ち着くと言ってもいいくらいに馴染《なじ》んでいる。

散歩の始まりに必ず聞く音ということもあって、考え事をする導入にもちょうどいい。

これもルーチンの一つなのだろうか。

「……どーしたもんかな」

ぽつりと呟《つぶや》くのは、ここ二年ほど続くちょっとした悩みだ。

色々と試行錯誤してはいるのだが、如何《いかん》せんどうも上手《うま》く行かない兄妹《きょうだい》仲。

俺が覚えている限りのコトの発端は、妹の雪姫が中学に入ったその日の台詞《せりふ》にある。

『もう、子供扱いしないで』

そう突き放すように言われてしまって、最初は何か俺が悪いことをしたのかと疑った。

とりあえず雪姫の大好きなアイスを買ってきたり、アイツが好きだった芸人の一発芸を突然ブッ込んでみたり、一週間ほど晩飯の献立を雪姫の好みに統一したりと考えられる限りのご機嫌取りをしてみたのだが、これがまた全部不発。

俺が何かしたなら謝ると言って、それなりに真摯に向かい合っても、

『っ……やめて。ほっといて』

と来たものだ。目も合わせてくれやしない。お兄ちゃん泣きそうである。

彼女の言う通り放っておいたらそれこそずっと嫌われたままではないかと思い、色々と問い詰めたところ、どうやら俺の全てが嫌だそうだ。

俺の服と雪姫の服を一緒に洗濯するのも本当は嫌。俺の作った晩飯を食べるのも本当は嫌。俺と共用の子供部屋なのも本当は嫌。

どれもうちに金がないから何とか許容しているだけで、本当は全部嫌だそうだ。

俺が涙ながらに問い詰めたら、

『っ……そ、そう！　そうなの！　だから近寄らないで！』

俺はその日、そっと枕を濡《ぬ》らした。

嗚咽《おえつ》を漏らすと二段ベッドの上で寝ている雪姫に聞こえるから、頑張って抑えた。

そうして月日は過ぎ去り、天真爛漫《てんしんらんまん》で可愛《かわい》らしかった我が実妹雪姫氏の笑顔を見ることが叶《かな》わなくなって早二年。こんなに時間を食われた背景には、親父《おやじ》の非協力的な態度も一因としてあるのだ。

『まあまあ皇季《こうき》。雪姫もそういう年頃なんだろうさ』

などと。馬鹿げたっ……ことをっ……！

年頃？　思春期などという目に見えない代物のせいで俺が雪姫に嫌われるなど、あまりにも理不尽な話だ。命さえあればぶっ殺すのに、思春期め。

「はあ……」

結局俺は仲直りという目標一つ達成できずに、この春を迎えてしまった。

俺が高校に入り、雪姫が中学三年生になるこの春。

別に俺が寮に入るとか、雪姫が家を出るとか、そういう話じゃない。

引っ越しをするのだ。それも、賃貸物件とはいえ——広めの一軒家に。色々と理由はあるが、それまでに雪姫と仲直りしておきたかった。

だってほら、雪姫が先述の諸々を我慢する理由さえなくなってしまうわけで。

『子供二人に別々の部屋を与えることも出来ない。恥ずかしくて友達を呼ぶことも出来ないような家しか与えられない』

そんなことを言って酒を呷《あお》り涙していた親父のことを思えば、めでたい話だ。

母親との離婚を発端にメンタルを崩した親父が事業を派手にしくじって、国を始めとした方々に借金を作って何とか食いつないできた幼少期。今は我慢してくれと、親父が俺たちに頭を下げた時の悔しそうで悲しそうな顔は今でも覚えている。

ここ数年で盛り返して、仕事が上手く行き始めて、それでもしばらくこのボロアパート生活を続けていた理由について、俺は察しがついていた。

会社の経営が安定するまでは我慢、というのもそう。

そして、もう一つの理由を俺は知っていた。

「あざしたー」

スーパーで買い物を済ませる。

あの馴染みのある適当な挨拶の店員ともうじきお別れか。

レジ袋を引っ提げて歩く帰り道、なんとなく景色に意識を向けてみる。

代わり映えのしないものであったとしても、もうすぐ日常から消えると分かると、ほんの少し名残惜しい。我ながら現金なものだと思いながら、アパートの階段を上っていく。

剝き出《だ》しの錆《さび》鉄を、またからんころんと鳴らしながら。

そうして、少しセンチに浸っていた俺だったが――

「えええええええええええ⁉」

扉を開けるなり耳に飛び込んでくる雪姫の悲鳴。

玄関に靴が増えている。親父の靴だ。俺と入れ違いで仕事から帰ってきたらしい。

「黙っていてすまなかった、雪姫……」

アパートに響く妹の悲鳴と、弱々しい親父の声。

ああ、そういえば。親父は引っ越しについては話していたけれど。

〝アレ〟についてようやく話したのか。

「さ、再婚んんんんん⁉」

†　†　†

「皇季《こうき》は知ってたの⁉」

「いや、聞かされてなかった」

思わず俺に話題を振ってしまうくらいには、雪姫もテンパっているらしい。

しかし皇季、か。お兄ちゃんとは、もう呼んでくれなくなって久しい。

はっとしたように俺から目を逸《そ》らす雪姫は、そのまま親父に向けて怒鳴った。

妹よ、まだまだ俺と話してくれてもいいのよ？

「ど、どういうことなの、パパ！」

「その……言おう言おうと思って言えなくてさ……」

まあ、気持ちは分かる。

こう言ってはなんだが、うちは母の不倫で離婚している家だ。だから余計に、こうした話には慎重にならざるを得ないし、言い出しにくかったことも認める。

親父の肩を持つわけではないが……これまで男手一つで懸命に俺と雪姫を育ててくれたんだ。自分の幸せが見つかったのなら、良《い》いことだし。

寝耳に水の雪姫にとっては、そりゃ頭を抱えるしかないのも分かるが。

「親父さ。言おう言おうって、大方帰りに自分に言い聞かせてたんだろうけども」

「なんで分かるんだい⁉」

「……何が言いたいかってーと。帰ってくるなり開口一番は、流石《さすが》に違うくない？」

スーツくらい脱ぎなさいな……。

ようやく会社建て直して、立派に社長やってんのに。俺たちに負い目でも感じているのか、家ではいつもこんな感じにから回っている。

「とりあえず晩飯の支度をしよう。この空気で二人を放置するのも胸は痛むが」

立ち上がれば、「は、はは……」と乾いた笑いを浮かべる親父と、全部吐くまで逃がさないとばかりに鋭い眼光を親父に向ける雪姫がよく見える。

狭い居間だけに余計にな。

さて。切らしてた豆腐は買ってきたし、夕飯は簡単に麻婆《マーボー》にでもしますかね。

「ねえちょっと皇季」

「ん？」

と、妹の鋭い眼光の矛先が俺に。……ふむ？

「雪姫の好きなアイス、ちゃんと買ってきたからな」

「いやおかしくない？　そんな笑顔見せられても、買ってきてとも頼んでないし。わたしがこの空気でアイスの有無の確認するとでも思ったの？　そうじゃなくて――」

「そう、か。……せっかく買ってきたんだが」

「そ、れは、その……よ、余計なことしないでよ！　要らないっつったでしょ！」

ふっ。どうやら、から回っていたのは俺も同じだったようだな、親父。

いつかまた、買ってきたアイスで喜んでくれる妹が見たいものだぜ。

「じゃなくて‼」

ちゃぶ台を引っ叩《ぱた》く雪姫に、親父がびくっとする。

親父……社長たるものそんなメンタルじゃダメだろ……。

娘が特別弱点なだけかもしれないが。

「なんでそんなに冷静なの⁉　再婚よ⁉　皇季も初耳なんでしょ⁉　少しは慌てない⁉」

「そうだな。じゃあ麻婆豆腐《どうふ》作ってから慌てるわ。雪姫の好きな麻婆豆腐」

「それは慌ててるって言わねーの！　あと、いい加減わたしに構うのやめてよ！　あ、あたしはあんたのこと嫌いなの！」

嫌だ、お兄ちゃん仲直り諦めない。……などとすっとぼけるのはさておき、親父の口から聞いてないだけで、再婚について俺は事前に知っていた。

引っ越し先が賃貸の中古とはいえ戸建てであったこと。そして、その間取りが、三人暮らしには不釣り合いなほど大きかったこと。あと妙にここ最近親父がそわそわしていたことから、ちょっと部屋なり何なりを調べただけだ。

思えばこの二年くらいで、親父は見違えるくらいに血色がよくなっていた。きっとそれもお相手のおかげなのだろう。会社の再建そのものはもう少し前から上手く行っていたことを加味すれば、親父の元気の源はそのお相手で間違いない。

ただ、だからといって結婚を素直に祝福するには、幾つか問題があるのも事実だった。

「……で、同居することは向こうは認めてるのか？」

中華スープを作りながら、居間の親父へと問いを投げる。

向こう？　と首を傾《かし》げる雪姫の隣で、親父が少し目を見開いた。

「あ、ああ……え、ひょっとして皇季、またなんか先に調べた？」

「そういうの良いから」

卵を溶いてすいーっとスープに弧を描くように注ぎつつ、視線を親父の方へと投げる。

困ったように頭を掻《か》く姿は、気弱で穏和な優男。頼りなくもあり、だからこそ支えたいとも思わせる、いつもの親父。

はてなマークを無数に浮かべる雪姫をよそに、親父はゆっくりと頷《うなず》いた。

「そう……だね。向こうも——向こうの家族も、認めてくれてるよ」

まじかー。認めちゃってるかー。

「……なに、どういう意味？　あたしにも分かるように言ってよパパ」

目を白黒させる雪姫。我が実妹も決してバカではない。というか、成績は俺より遥《はる》かに良い。何なら学年でも指折りだ。教えられなくとも、すぐに気付くはずだ。……ほら。

「か、ぞくって……え？　なに、お互いバツイチなの？　子持ちなの？」

バツイチの語源は戸籍原本に×を記録するとこから来てるので、実は親の戸籍から外れた嫁さんは離婚するとバツ２だったりする。これマメな。

「ああ。娘さんが二人いるよ。一人は雪姫と同学年だ」

親父の、柔和な回答。内容は激烈だが。激烈すぎて雪姫フリーズしてるが。

「は……ぇ……？」

思ったよりも動揺の度合いが深い妹氏の様子に、救いを求めるように親父が俺の方を見てくる。いやでも、自業自得《じごうじとく》じゃねえかなあ……だいぶ長いこと黙ってたんだし……。

「じゃあなんで皇季はそんなに冷静なの……」

「ってかよく許可出たな。俺、一人暮らしする予定ないよ？」

「ああ、大丈夫。何も問題はないそうだ」

「それはそれでどうなんだ……」

再婚ほやほやの義母。雪姫と同学年……つまり今年中学三年生と、その一個下の妹。

血の繋《つな》がらない十代の女の子二人を抱えたお母さんが、思春期男子との同居を許可するかね普通……と俺は思うんだが。どうやら懸念《けねん》しているのは俺だけらしい。

「待って待って待って。娘が二人いて、あたしはともかく皇季《おとこ》との同居を認める？」

俺だけじゃなかったらしい。額に手を当てて、呻《うめ》くようにふらふらと頭をふらつかせながら、雪姫は声を絞り出すように言った。

「ねえパパ、その娘って……まさかと思うけどひょっとして……皇季の、知り合い？」

「え、論点そこ？」

「皇季は黙ってて！」

「あ、はい」

もっとこう、再婚というか同居そのものに反対する方向の話をするのかと思ってたんだけど。なんで娘さんの内情を調査する方向に話が進んだのん？　案外前向きなの？

水を向けられた親父《おやじ》はと言えば、驚いたようにこくこく頷いて。

「あ、ああ。実はそうなんだ。皇季の部活の後輩で――」

調べてはいたから、分かってはいた。でも、親父の口から言われて改めて思う。

『一戸瀬《ひとせ》先輩っ。あ、あたし……』

俺の卒業式の日、何やら躊躇《ためら》った様子の彼女が脳内に呼び起こされる。

結局あの時何が言いたかったのかは、いまいち分からなかったけれど。告白じゃないですから、とは結構強めに言われたし。彼女との仲は……最終的には、悪くなかったと思う。ただ、再会することは無いだろうとも思っていた相手で。

これから先一緒に暮らすと言われても、いまいち実感が湧かないのもまた事実だった。

ああでも、下の子の方は接点こそ少ないけど俺のこと慕ってくれて凄《す》い可愛《かわ》い子だったから、雪姫を可愛がれない分も色々良くしてあげたいなあ。内向的な子だったし、ひょっとしたら心中では同居を歓迎していないかもしれないし、出来ることはしてあげたい。

「う、……そでしょ……」

感傷に浸っていると、何故《なぜ》か隣で崩れ落ちている雪姫の姿。

「あれ？　別に仲悪くなかったよな？　仲良しとも聞いてなかったけど」

彼女と雪姫の関係に亀裂が入っていれば、俺が知らないはずはない。そもそもクラスが違うはずだから、接点もそんなになかった気がするけども。

しかしそれにしては雪姫の顔が青い。俺の知らないところで何かあったのか？

「別に……仲が悪いとか……そんなの関係ない……」

そっと箸を置く雪姫が、俯《うつむ》き気味に呟《つぶや》いた。

「ごめん。明日の朝食べる」

大好物の麻婆豆腐を半分くらい残して、よろよろと子供部屋に引っ込もうとする雪姫。

「ちょ、おい。大丈夫か？　風邪とか――」

「そういうのじゃない。寝かして」

ぴしゃりと、そう告げて。彼女はぱたんと子供部屋の扉を閉ざした。

取り残される、親父と俺。

「……もう少し僕が早く話してればよかったのかなあ」

「まあ、それはどうしようもないほどその通りなんだが」

明らかな失態なのはおいといて、論点はそこじゃないような気もする。

あの姉妹と雪姫の不仲なんて情報は俺の手元にはない。これでも、そうした身辺周りの調査には、良い先達が居るおかげで自信がある。多分、そういう問題じゃない。

かといって、再婚そのものについては驚きこそすれ、それ以上の悪感情は無かった。

……つまり？

「ひょっとして雪姫は、お兄ちゃんを取られちゃうと思ったのかもしれないよ？」

「んなアホな」

今日のこのやり取りを見て、どうしてそんな風に見えるよ。

そう言い返そうとした時、俺のスマホに飛んでくるSNSの通知。

珍しい雪姫からのメッセージ。

『誑《たぶら》かされないこと』

誑かされる。誰に？

「ほらあ」

したり顔の親父がむかつく。いやでも、本当にそういうことなのか？

俺は疑い半分で、大の男二人で画面を覗《のぞ》き込みながら、たしたしと画面をフリックした。

『頑張るけど無理かも』

そう打ったら、既読だけついて何も返ってこなかった。

「え、どうしてそういうことするの？　頑張る、で良かったじゃん」

「あー……それについては親父。少し話がある」

結婚を素直に祝福するにあたって、幾つかある問題。それは再婚そのものでも、義妹が増えることでも、その先にある同居などでもなかった。

俺は、きょとんとした顔の親父を、外へと連れ出した。雪姫に、聞かれないように。

† † †

「酔い覚ましの散歩だとでも思ってくれ」

「はは。そこまで僕に気を遣わないでいいよ。むしろ、本当はもっとちゃんと皇季に誠意を見せるべきなんだし」

「養ってくれてるだけで十分誠意だろ」

「普通、そんなことを高校生は考えないで良いはずなのさ」

弱ったような笑みを見せる親父と一緒に、住宅街を散歩する。コンビニの方に行けばこの時間でも車がうるさい大通りだが、反対に向かえば閑静な町だ。

俺が元々通っていた中学も、そっちにある。

ぼんやりと、ちらほら見える星を眺めていると、親父の方から口火を切った。

「……今回のこと、どこまで知ってたんだい？」

「知ってたというか。まあ、なんとなくな」

本当は調べたんだが、そう言うとまた親父は罪悪感で凹《へこ》む。

肩を竦《すく》めて誤魔化せば、親父は「そうか」と緩く笑った。

「で、どうなんだ？　俺の母親になる人は」

本来こういうのは、雪姫も言っていた通り家族同士で何度か話し合うものだ。学生の恋愛とは訳が違う。互いに養う相手を抱えているんだから。そうしなかった理由に心当たりは無いでもなかったが……一応は親父の口から聞いておきたかった。

「忙しい人でね。中々二人と会わせてあげられるタイミングもなくて……まあそれもあって中々切り出せなかったんだけど」

……やっぱりか、と。ある種の納得が、俺の中にあった。

「そこは気にすんなって！　大事なのは、親父がその人をどう思ってるかって話だろ？」

口ではそう言い、ははははと楽しく笑って見せつつも。

実際のところ、本当にただ忙しいだけなのかという疑問はあった。

——小学生の時、俺の両親は離婚した。

原因は、母だった人の不貞発覚。

あまりのショックに親父はメンタルをぶっ壊し、あのまま放置していたら親権も持っていかれ慰謝料まで親父がふんだくられるところだった。

すんでのところで優秀な弁護士を捕まえられたから、なんとか俺と妹がバラバラになったり、親父が全部の罪を押し付けられるなんてことはなかったが……。

それでも、家は荒れた。

親父はそのまま女性不信になったし、会社も傾かせた。俺と妹はそのおかげで、随分ひもじい小学校時代を過ごしたものだ。今でも親父はその時のことを負い目に思っていて、先ほども雪姫に対してあの対応なのだが。

だからこそ、ある種俺たち兄妹《きょうだい》に不義理とも言える今回の再婚については、親父に色々問い詰める必要があった。

主に——その新しい母は真っ当な人なのか？　と。

それが、俺が一番懸念している問題だった。

「僕がその人のことをどう思っているか、か……そうだね」

「ああ、聞かせてくれよ」

この再婚にしくじったら、親父は今度こそどうなるか分からない。

俺は、親父のことが好きだ。雪姫のこともそう。

だから、二度とこの家に暗雲を呼び込みたくない。

そう思って親父が再婚を考えていると知った日から、色々調べていたが……その新たな母親について、あまり情報が得られないままなのだ。

腕《うで》の良《い》い探偵に調べて貰《もら》ってこれだから、正直結構警戒している。

でも、そんな俺が再婚に反対しない理由も単純で。

親父が穏やかな表情で、その相手を語る。

「良い人だよ。可愛い人で、誠実な人だ。早く二人にも会わせてやりたいと思ってる」

「……そっか」

二年くらい前から、親父は元気を取り戻した。

その原因が、新たな母にあることは何となくわかっている。

親父が新たな幸せを見出《みいだ》したなら、それを否定したくはないんだ。

「いつからそういう話になったんだ？」

「お互い色々話して……結婚しないかって話になったのは、半年くらい前かな」

「なるほどな。つまり半年もの間、俺たちに切り出せずおろおろしていたと」

「ごめんって‼」

慌てる親父を笑いながら、星空を見上げて。

「俺たちと、向こうの娘さん二人。仲良く出来るといいな」

願わくば、雪姫との仲も少しは元通りになるように、という気持ちは心に仕舞って。

まさかこの時は、雪姫があんなことになるとは思っていなかったのである。

急転直下ここにあり

月日が経《た》つのは早いもので。卒業の春から入学の春へと、世間の空気は変わりつつある。桜前線もイケイケドンドン。元気に北上の快進撃。

学生にとっては、多くのことに想《おも》いを馳《は》せる時間だろう。特に俺の学年は、中学での日々を終えてそれぞれの高校へと歩みを進めるわけで。雪姫《ゆき》だって、中学二年から三年へと移り変わるのは、クラス替えも含めて環境ががらりと変化する瞬間だ。

年度の節目。

だからこそ、引っ越しにはちょうどいいタイミングでもあり。不動産屋もこの時期は家賃を吊《つ》り上《あ》げるというから、なるほど確かに世の中というのは合理的だ。

「まさか、顔合わせをここまで引っ張るとは思わなかったがな」

親父《おやじ》も、母になる人も忙しい。

そんな話は前々から聞いていたとはいえ、これは家庭の一大事である。もう少し、仕事よりこちらを優先することは出来なかったのかとも思いつつ。

親父どのの言うには、元から俺と雪姫が、これから義兄妹となる相手とそれなりに交友があったから甘えさせて貰ったということらしい。俺や雪姫はともかく、向こうの姉妹が意外とすんなり許可というか、再婚と同居をあっさり了承したとのことで。

多感な時期の女の子がそう言うのなら、俺がとやかく言うものでもないだろうと思って、ここまで口を挟むことは無かったが。

それにしたって、引っ越し当日に挨拶ってどうよ、とも思うわけで。

「……」

そして気になるのはやはり、隣で不気味な沈黙を貫く我が実妹である。

「雪姫さんや。そんな膨《ふく》れっ面《つら》じゃあ可愛《かわい》いお顔が台無しですぜ」

「……あんたの前でこれ以外の顔してない」

「そんなバカな。麻婆《マーボー》食べてる時とアイス食べてる時は可愛らしい――」

「もう一緒に夕飯食べない」

「嘘《うそ》やん……」

状況が悪化した。

しかしやはりというべきか、めちゃくちゃピリピリしてらっしゃる。

引っ越しと再婚の話を親父が雪姫に打ち明けたあと、俺も色々調べ直したんだが――悲しいかな雪姫と新たな義妹たちの間に確執のようなものは見受けられなかった。

そもそもそこまで親しくしていたわけではないようだが、単純にクラスが違ったり、部活が忙しかったりするだけで、彼女らの間に軋轢《あつれき》があるわけではない。

それ自体は、不仲であると知るより余程歓迎するべき事態なのだが、ではこの雪姫の不機嫌っぷりは一体何に起因するのかというのが全くもって不明というのは、これはこれで中々宜《よろ》しくないのである。

これから悩み事がまたさらに増えることは確定しているというのにだ。

「どーしたもんかなー」

思案する一瞬。

俺たちは今、新居となる一軒家の門の前に立っていた。

アパートはまだ引き払ってはおらず、今日から荷物運びを開始する段取りとなっている。せっかくだから二つの家族初めての共同作業をしようと、何とか親父と母になる人が休みの都合を付けられたのが今日だった。

引っ越し業者に大きな家具類は運び込んで貰いつつ、親父は業者さん相手に指揮の真っ最中。もうすぐお相手家族がやってくるとのことで、せっかくだから俺が挨拶がてら出迎えようと言い出したのがついさっき。

雪姫もついてくると主張して、特に断る理由もないからこうして一緒に来たわけだが。

壁に隠れてライフル抱いている方が似合いそうな顔で、俺の横に立っている。

「それにしても、いい天気だな」

元住んでいたところと違って、この辺りには一軒家しか無いようだ。コンビニやスーパーが少し遠いのは難点だが、これはこれで閑静な住宅街で、案外と悪くない。

今まで安い家賃で粘っていただけあって、親父は結構な額を貯金出来たと言っていた。

それでも中古の戸建て賃貸物件を選んだのは、ちょうど全員分の部屋が用意出来る良い物件を見つけられたことの他に、もう一つ理由があった。当たり前と言えば当たり前だが、上手《うま》く一緒に暮らせるかのお試し期間というやつだ。ちゃんと家族で暮らしていけそうなら、改めてマイホームを買おうと親父は考えているらしい。

「ねえ。皇季《こうき》は良いわけ？」

「ん？」

むすっとした雪姫が、その眉を寄せて唸《うな》る。

「部活の後輩とは言うけど、別にそんなに仲良くなかったんでしょ？」

「いや、そんなことねーよ？」

どうしても先輩後輩の間柄だし、同じバスケ部とはいえ男女の違いはあったから、接点が殊更多かったわけではない。それでも、特に姉の方とはそれなりに深い付き合いがあった――と個人的には思っている。妹の方は、俺が三年の時点で新入生だったから、共に過ごした時間は多くないとはいえ、話したことは結構あるし。

しかし雪姫はその返答がお気に召さなかったようで爪を噛《か》み始めた。

やめなさいばっちいから。

先輩後輩というだけで壁があるのに、男女の違いもあると来た。それで雪姫の言うように〝そんなに仲良くない〟レベルだったら、俺は絶対同居とか嫌だけどな……。

「てかお前こそ、深倉《ふかくら》……あー、姉の方とは同じクラスなんじゃない？　仲悪いの？」

「別に悪くはないいんじゃないの？　知らないけど」

「ふむ」

良いというほどではない、とも取れるが。雪姫は、いわゆる外面が良いタイプの優等生だ。あまり露骨に誰かに対して壁を作る方でもない。

「雪姫が特定の誰かを嫌がるなんて珍しいな」

「違う……！　この際、わたしと深倉《ふかくら》さんが仲良しかなんて関係が――」

「お、あの車じゃないか？」

「来たっ……‼」

なぜか臨戦態勢になってしまった雪姫はさておき。

見れば、乗用車一台通るのが限界の細い裏道をやってくるセダン。

車を運転している小柄な女性が、親父の想い人であることは写真で知っていた。

今日は新居の駐車場を引っ越し業者のトラックが使う関係上、近くの有料駐車場に止めるしかない。

こちらに気づいたようで柔和な笑みを浮かべる彼女に、軽く手を上げて。

「駐車場すぐそこなんで」

幸い家の二軒隣程度の距離なので、すぐに案内は終わる。

車のライトが消え、エンジン音も同時に消えて――それから、扉の開く音。

三つの影が、車を降りてくる。

「あ、あのっ。お久しぶり、です、せんぱい！」

「おう」

まず駆けてきたのは、俺とそう背の変わらない女の子。

強豪と名高い我が母校の女子バスケ部でエースを張る少女でもあり、俺自身もその天才的なプレイには魅せられた側の人間だ。

百七十弱の長身に見合わない、幼い顔立ちと黒髪のツインテールがギャップを誘う。

スタイルも良いというか――俗な言い方をすれば色々と大きいし、これで四月からまだ中学二年とは中々反則である。

「今までみたいに深倉妹、と呼ぶのもちょっともうアレだな」

「あ、その、はい！　ええっと……」

「ん？」

なんだか改まったように背筋を伸ばし、胸に手を当てて深呼吸。

やけに緊張した面持ちで真っ直《まっす》ぐ見つめるその大きな瞳は、微妙に潤んでいて。

「どした、そんな改まって」

「な――」

顔を真っ赤にして、閑静な住宅街で叫んだ。

「名前で‼　呼んでください‼」

静まり返る駐車場。

一瞬の、間。

「――あー、ごめんね皇季くん」

その沈黙を破ったのは、彼女の隣にひょこっと顔を出した女性だった。

「未桜《みお》ったら、今日はずっと『新しいお兄ちゃんに名前で呼んで貰《もら》うんだ』って、それしか言ってなくて」

「ま――お母さん！」

「あら。いつも通りママでいいのよ？」

「う、うう〜〜‼」

長身の深倉妹——もとい未桜とは反対に、小柄な体軀《たいく》。ゆったり穏やかな笑みを浮かべている彼女こそが親父の想い人であり、そして俺たちの母になる人なのだろう。

「改めて、貴方《あなた》たちのお母さんになります、実佳《みか》と言います。ママでも良《い》いわ」

「宜しくっす。俺が皇季で、こっちが雪姫っす」

「初めまして、雪姫です」

親と初対面で挨拶、というのもそうそうある経験ではないから、どうするのが正解かは分からないが。

なんとなく握手というのも違う気がして、笑顔で受け答えするにとどめる。

雪姫はといえば、よそ行きの笑みを浮かべて綺麗《きれい》なお辞儀をしていた。

やれば出来るじゃないかという想いもありつつ、ある種相手を〝よそ〟だと判定しているという意味合いもありそうで、複雑な気分を隠せない俺が居る。

とはいえ。それは雪姫に限った話のようで。

「写真で見てたよりもずっと可愛いじゃない‼」

「え、あ、あの」

飛び掛かる勢い、とでもいうべきだろうか。

雪姫も小柄な方だから、実佳さんに抱き着かれていると子猫同士がじゃれているようだ。

確かに実佳さんの産んだ二人と比べても華奢《きゃしゃ》で人形のような雪姫は、実佳さんにとっては新鮮で楽しいのかもしれない。

まあ、そんな微笑《ほほえ》ましいやり取りはおいて。視線を移せば、可哀想《かわいそう》に顔を真っ赤にして俯《うつむ》き震える深倉妹……じゃなかった、未桜の姿。

名前で呼んで貰いたいのだ、という話だったたか。

気持ちは分かるというか、意気込みは理解出来る。

元々、俺から彼女を呼ぶ時は〝深倉妹〟と呼んでいた。姉の方を苗字《みょうじ》で呼んでいた都合上、こういう呼称をするしかなかったというのもあるが。これから家族になるに当たって、名前で呼んでくれというのは何とも微笑ましく、そして立派な宣言じゃないか。

これから家族になろうって、俺なんかよりずっと前向きに考えてくれていた子を、このまま羞恥に沈めておくのも忍びない。

「――未桜」

「はい……え？」

既に目元が赤く腫れてしまっている少女に、声をかける。

顔を上げた彼女は、少し目を見開いて驚いた風《ふう》。

「俺のことは、皇季でも、まあ何でも構わない。好きに呼んでいいから」

「っ――」

きゅ、と口元を引きつらせて。泣きそうなのを何とか耐えるような、そんな顔で彼女は頷《うなず》く。そして、なんだか達成感さえ漂わせるような華やかで照れ臭げな笑顔で、言った。

「はいっ……兄さんっ……」

おお、これは何とも妹力の高い笑顔だ。

妹力というのが何なのか、自分で言っててよく分からないが。

目線が俺と大して変わらない、女子にしては長身の持ち主にも拘《かか》わらず――何とも可憐《かれん》で庇護《ひご》欲をそそる、小さな野花のような存在感とでもいうべきか。

兄さん、と呼んだ時の嬉《うれ》しそうな声色よ。さっきの実佳さんの言ってたことが本当なら、俺を兄さんと呼ぶことも、前々から考えていたに違いない。

あまり深く関わってこなかったとはいえ、そうか。俺はこんな可愛《かわい》い子を、ただ〝後輩の妹で女バスのエース〟程度の情報でしか認識していなかったのか。

こうも可愛いと「兄さんって呼ぶのも決めてたのか?」なんて意地悪な質問さえしてみたくなってしまうものだが、そこはぐっと堪える。

恥じ入るのは目に見えているからな。

だから別の話題を――

「実佳さんのことはママって呼んでるの？」

「‼⁉?!?!⁇」

間違えた、質問が違うだけでやってることは同じだった。

「ごめんごめん。でも、素直に甘えられる良いお母さんってことだよな」

「うぅ……」

せっかく上げた小さなお顔をまた俯かせて、きゅっと服の裾を摑《つか》んで、まるでこみ上げる何かを耐えるような素振りの未桜。

黒の二房が悲し気に春風に揺れている。

「これから宜《よろ》しくな。なんでも頼ってくれよ」

「は、はい……」

いかんいかん。好きな子ほど虐《いじ》めたくなる、的な嗜虐《しぎゃく》の感情が暴走してしまった。

復活まではまだ時間がかかりそうだし、立ち話もなんだ。雪姫と実佳さんの方もどうなっているか分からないし、一旦は家の方へ――と、そう思った時だった。

「――先輩」

声。

振り向けば、車の前から動かず佇《たたず》んでいた最後の一人。桜舞う風に消えてしまうんじゃないかと思うほど儚《はかな》い笑みを浮かべて、その少女は俺を見つめていた。

「深倉……」

「はい。こんな形でまた会えるなんて、夢にも思わなかったです」

——深倉美穂《みほ》。

雪姫の同級生で、この春から中学三年生になる少女。

バスケ部の後輩で、今はキャプテンを務めているはずだ。

クラスや部活の中心人物として申し分のない、明るく笑顔で誰にでも優しい垢抜《あかぬ》けた雰囲気の女の子で、ぶっちゃけ学年どころか学校で一番男にモテていた記憶もある。

雪姫も相当人気は高かったが、やはり高嶺《たかね》の花のような存在よりも隣に咲き誇る向日葵《ひまわり》の方が誰もが手を伸ばしやすいわけで。

要は、誰もが「深倉ならワンチャンありそう」と考えたということだろう。

彼女の隣に立つ自分を想像しやすかった、とか。彼女なら自分を選んでくれる可能性があった、とか。彼女となら楽しく交際できそうだと思った、とか。

人それぞれ理由はあるだろうが、とにかくモテた。その日常の可愛らしさとは裏腹に、強豪チームのキャプテンだというギャップもあったのかもしれない。

ただ、そう。

彼女自身の暗い過去にも関わることだから多くを語るつもりはないが、別に彼女はただ明るい非の打ちどころのないリーダーだった、というわけでもないのだ。

そんな彼女の裏側を知る者は多くないというか、俺は俺しか知らないが……ともかく。

色々あって、俺は少し彼女の面倒を見ていた時期があった。

で、まあ。俺の卒業式の日。

『一戸瀬《ひとと せ》先輩っ。あ、あたし……』

別に告白じゃない、とは釘《くぎ》を刺されたものの。何やらテンパった様子の彼女は、あのまま俺にその続きを告げることなく駆けていってしまって。

そんな少々気まずい別れ方をしたのが最後だ。

俺が勝手に親父《おや じ》と彼女の母親が交際していることを知ったからといって、わざわざ絡《から》みに行くかと言えばそんなこともなく。加えて新たな義妹二人に警戒する理由はあんまりなかったので、彼女との拗《こじ》れた現状は後回しにしてしまっていたという。

「あー、おひさ」

「はい。久しぶりってほどでもないですけどねっ」

くすくすと、笑み。

軽く色を抜いた、妹よりも明るい髪。緩くウェーブしたそれをサイドで纏《まと》めていて、それが何ともファッション強者っぷりを感じさせる。

妹の未桜がまだ子供の頃から髪型変えたことありません、って感じだとしたら、姉の美穂は結構年中ビジュアルに気を遣っている感じ、だろうか。

何《いず》れにせよタイプの違う可憐な少女たちだ。それでいて二人揃《そろ》ってキャプテンとエースとして全国行ってるんだから、案外と天は何物も与えるものだとつくづく思う。

「……こんなに早くまた会えるなんて思ってませんでした」

改まって、そんなことを口にする彼女。

卒業式でのあの緊張した面持ちから発されたアレが〝告白じゃない〟ということは重々承知しているが、それにしたって勘違いしそうになる発言である。

俺のこと好きなの？　ってうっかり聞きたくなる雰囲気だ。

なるほど、これが男どもが吸い寄せられる魔性――！

「そうだな。普通に接点無くなると思ってたし」

また会えるも何も、高校以降一度も会わないことだってあり得たわけで。

「それは――えっと、あはは。良いじゃないですかっ」

覗《のぞ》き込むように俺を見上げる彼女。

妹の未桜より五、六センチほど低いだろうか。俺との差がちょうど十センチくらいだから、こうも胸元で見上げられるとうっかりキスしそうになる。

ていうか、なんか距離近ぇな。前はもう少し遠慮があったと思うんだけども。

「これからお世話になりますねっ。先輩のこと、なんて呼んでも良いですか？」

「なんて呼んでも、と言われると微妙に怖いが」

「えー、未桜にはなんでも良いって言ったのに？」

「未桜はほら、何でもいいって言ったところで『じゃあスポポビッチで』とか言わない安心感があるじゃん」

「あたしは『じゃあスポポポビッチで』って言う可能性があると思われてるんですか⁉」

「スポポビッチな？」

「そこ訂正する必要あります⁉」

打てば響く、というか。楽しそうに会話を続けてくれる安心感も、きっと彼女が人気者である理由の一つだ。しかしそう考えると俺も随分と人から羨ましがられる立場だろうな。

この子たちが今日から妹か。

「……あはは っ」

唐突に笑い出す彼女。目元を拭って、はにかむ。

「どうした」

「なんか、ほんとにまた会えたんだなーって思って。笑っちゃいました。……結構、その。卒業式のあと、後悔してたんで」

「お前とんずらしたからな」

「とんずらって言い方ひどくないですかっ」

ひとしきり笑って、それから「はーあ」と息を吐く。

向き直った彼女は、少し頬を朱に染めながら、真《ま》っ直《す》ぐ俺を見て言った。

「じゃあ、その」

「ん?」

「──皇季さん、って呼んでもいいですか?」

「お兄ちゃんとかお兄様とかお兄とか色々取《と》り揃えているが」

「品を仕入れてるのは先輩じゃないでしょっ」

「それはそう」

とはいえ。

「未桜みたいに結構勇気要る呼び名にするつもりかと思ったら、そんなんで良《い》いのか」

そう告げると、少し目を瞠《みは》る彼女。

「……」

実際問題、赤の他人を兄呼びすることを決めた未桜があれだけ気構えていたのは分かるが、皇季さん、で済むならそんな宣言することでもない気もする。長いこと先輩ないし一戸瀬先輩、だったから、呼び名を変えるってことで改まったのかもしれないが。

「結構、勇気要るんですよ？」

「そうなの？」

「はい、そうなんです」

緩い笑みは最初と似たような、儚さすら感じさせるそれ。人との距離感を測るのが上手《うま》いはずの彼女が、随分と呼び名一つで改まるものだと思ったけれど。

「――それから」

「ん？」

「あたしのことは、何て呼ぶんですか？」

悪戯《いたずら》っぽく口角を上げて、色の引かない朱頬のまま。

覗き込むような瞳はなるほど、妹の未桜とよく似ている。

「差し支えないなら、美穂で良いか？」

「っ」

彼女の瞳の奥にほんの僅かに見えた感情。

縋《すが》るような淡い期待は、裏を返せば怯《おび》えとも取れる。未桜は未桜なのに、自分は長い付き合いから呼び名を変えることはないと言われたらどうしようか。

——とまで思うのは考え過ぎかとも思ったが。

「さ……」

「さ?」

「さらっと言いますねっ」

そのふわふわしたサイドテールを、自らの手で口元を隠すように持って来る。

照れの入った下がり眉を見れば、決して選択を間違えたわけではなさそうで。

「照れ臭くないんですか、もー。平気な顔して言うんだから」

「変に照れた方が気まずいだろ」

「言うのは簡単ですけどっ」

羞恥を誤魔化すようにはにかんだ彼女は、改めて俺に向き直る。

「これから宜しくお願いします、皇季さんっ」

「おう。……美穂」

「はいっ。……えへへっ」

正直に言えば、俺もほっとした。

親父には元々、向こうの家族は皆再婚に前向きだとは聞かされていたけれど。やはり実際に会ってみるまで確証は得られないわけで。部活の先輩後輩という距離感だからこそ成立していた関係だったのであれば、きっともう少し生理的な嫌悪《けんお》が滲《にじ》み出《で》ていたはずだ。

俺は元からだいぶ深倉――美穂のことは好意的に思っていたが、それが一方通行でなくて安心した。

「さて、それじゃあ――っ⁉」

俺の隣に並んだ美穂と共に、ようやく落ち着いた様子の未桜に声をかけ、いざ新居へ向かおうかと思ったその時だった。

刺し殺すような視線の圧。

格闘技やら非日常に通じているわけでもない俺ですら分かるその恐ろしい気配に思わず振り向けば、実佳《みか》さんに抱き着かれた状態のままの我が実妹。

なんだその目こっわ。睨《にら》んでるとかじゃねえ、目ぇかっ開いて怨念でも籠ってんのかってほど光失ってやがる。お兄ちゃん見たことねえよそんな顔。

勝手に下着洗った時ですらもっと可愛《かわい》げあるリアクションだったよね？

なんだろう、その目の理由は。……あ、ひょっとしてあれか。誑《たぶら》かされないこと、みたいな忠告のことか？　振り返ってみると確かに、誑かされているか否《いな》かで言えばそれはもうめちゃめちゃにニュー義妹ズが可愛くて仕方ない辺り、否定は一切できないが。

まあ、とはいえ。

おっかない目をした実妹から、彼女に抱き着いている小柄なニュー義母に視線を移す。

俺の視線に気づいているのかいないのか、雪姫を撫《な》で回《まわ》す彼女こそが親父の心を救った人物。それは重々承知の上で、彼女の経歴は正直怪しい。

怪しいというか、腕利《うでき》きの探偵に調べて貰《もら》っても成果がさっぱりなのだ。

──本人に直接問うのは最終手段。俺が彼女を怪しんでいると知られた後、何が起こるか分からない以上はそうするしかない。

というわけで俺が次に取る手段は決まっていた。

将を射んと欲すればまず馬を射よ、というやつである。この場合の馬は義妹であり、誑かされる云々《うんぬん》に関しては流れとして好都合と言えた。義妹にメロメロなお義兄《にい》ちゃんなら、親交を深めようとするのも自然だろう。

だから許せ、雪姫よ。お兄ちゃん、全力で誑かされるわ。

「あー……実佳さんは雪姫離してくれないみたいだし、とりあえず新居に行こうか」

義妹二人にそう言って、駐車場を出る。とことこついてくる彼女たちの向こうで、雪姫と実佳さんも動き出したことを確認。迷うような距離ではないけれど、実佳さんには俺が義妹二人と仲良くなろうとしているところを見ていてもらえた方が都合がいい。

「美穂《みほ》と未桜は、春休みの予定は結構埋まってる感じ？　良ければ少し、仲良くなっておきたいなーなんて、あははは」

仲良くなりたいのも嘘《うそ》じゃない。だからか、意外と演じるまでもなく、空回り気味な気持ち悪いお兄ちゃんになることが出来た。出来たってなんだ？

反応はそれぞれで、ぴこんとその黒の二房が反応した未桜の方は「是非」とばかりに目が輝いている。いい子だなあ……お兄ちゃんと兄妹《きょうだい》になるんだ、という前向きな意志を感じる。でもこれアレか？　俺が彼女の理想のお兄ちゃん像にそぐわなければ、その先に待つのは死、みたいな表裏一体の可能性もない？　気のせいか？

美穂の方はと言えば、少し驚いたように目を丸くして。それから、にこ、と柔らかい笑顔を見せた。

「そうですね。せんぱ――こ、皇季さんが卒業してからも、色々あって。話せたらいいなって思ってたこと、たくさんあるんです」

「そ、うか。そりゃ嬉《うれ》しいわ。ありがとな」

思ったよりも前向きで、逆に戸惑うくらいには有難《ありがた》いが。

とはいえできれば二人いっぺんよりは、個々に話したいこともある。

あとでそれぞれ予定を聞こうと決めて、頷《うなず》いた。


「あ……」

その時遠くで漏れた寂しそうな声に、俺がその時気付かなかったことで――このあとのとんでもない事態に繋《つな》がるのである。

† † †

改めて新居を散策してみると、間取りの地図や写真で見るのとはまた違った発見がある。

写真を撮る人なんかはプロだから、実際に見るよりも綺麗《きれい》で広そうに写っているのは致し方ないことだが。

とはいえ、そんなマイナスな部分だけに限らず、多くの発見があったりする。

たとえば、廊下の板張りの踏み心地が中々悪くないこと。

真冬は少し冷たくなりそうだから、カーペットを敷くなりスリッパを装備するなりの対策が必要そうだなー、なんて考えて。

たとえば、庭が案外と広いこと。洗濯物を干すには申し分が無さそうだ。バーベキューの可否は自治体に問い合わせないと分からんが、広さ的にはギリギリ行けそうだ。

ただ、少し悩ましいのはアレだな。元々洗濯は俺の仕事でもあったわけだが——この家でも俺が続けていいものか。そこは相談すべきだろう。

たとえば、水回りはそれなりに綺麗なこと。

キッチンはもちろんカウンターキッチンなんて贅沢《ぜいたく》なものではないが、シンクもそこそこ広いし、三人くらいなら一緒に料理なんてことも出来そうだ。洗面所兼脱衣所は、窮屈と言うほどではないし。風呂《ふろ》はちゃんと追い焚《だ》き機能が付いている。

トイレも、俺たちの入居のタイミングでウォシュレットが追加されたようだし、ありがたいことだ。家にウォシュレットなんて都市伝説だと思ってたぜ。

ああ、ペーパーがダブル派かシングル派かとかも、話し合う必要はありそうだな。

なんてことを色々考えながら、一人で見回ることしばらく。

「——あら、皇季くん。新しいおうちはどう?」

振り返れば、一人の小柄な女性がそこに居た。

場所は洗面所。入り口をふさがれる形で立たれたせいで、何となく居心地は悪い。

「……楽しいっすよ。会社とかは分からないっすけど、学校とかは入学したてだと新鮮でワクワクするじゃないっすか。そんな気分ですね」

「そう。ふふっ」

新しく母になる人。実佳さん。

雪姫と同じか、下手をすればそれより小柄。ただ、とても矮軀《わいく》とは思えない強い存在感。

──ここ半年ほど調べていたにも拘《かか》わらず、殆《ほとん》ど情報が無い謎の女性でもある。

「どうっすか？　入社したての頃とか、思いませんでした？」

「んー、どうかしらね。確かに新しい環境に身を置くことの楽しみは分かるわ。学生時代は誰にだってあるもの」

「っすよね。俺も今、そんな感じです」

「……」

「……」

誠実で可愛くて優しい人だと、親父《おやじ》は彼女──実佳《みか》さんのことをそう評していた。

別にそれを嘘と断じるわけではないが、やはり裏の読めない相手だ。

何を生業にしている人なのかも、まだ分からないまま。親父さえ、よく知らないと言っている。なのに忙しいからとここまで顔合わせが遅れた。

親父も多忙だから仕方のない話ではあるのだが……腕の良《い》い探偵に調べて貰っても〝公務員〟である以上の情報が出てこない。

「……皇季くん。これから宜《よろ》しくね。いつでもお母さんって呼んでくれていいから」

困ったように眉を寄せ、彼女は苦笑いと共に言う。

「あはは、まだ照れくさくて。すみません」

俺も努めて笑顔で応える。

気まずい空気にしたい訳ではないし、あまり露骨な探りを入れるべきでもない。

俺が変に関係をこじらせたせいで親父が不幸になったらそれこそ本末転倒だ。

そう思っての俺の返しに、実佳さんは緩く頷いて。

「そっか。そうよね。これからゆっくり、仲良くなっていきましょう」

「ええ」

「それじゃ、宜しくね。私、もう出かけなきゃだから」

「そっすか。そりゃ……気を付けて」

俺に笑みを返して去っていく背中を見つめ、一つ息を吐《つ》いた。

別に彼女が悪者と決まったわけではないが、やはり職歴不明では安心はできない。

正面から聞き出すにはまだ時期尚早。誰だって、他人同然の人間に自分のことを話してくれたりはしない。本当に何等《なんら》かの企《たくら》みがあって親父との再婚を選んだのであれば、それこそ正面から聞き出すことなんて出来ない。

だが慌てる必要はない。同居という形になった以上、今までより俺自身が探れる範囲も増えたということ。雪姫もちょっと他の子より優秀なだけの普通の女の子で、親父に至ってはそれこそ優秀なだけで心は強くない人だ。

……家を守るのは、俺の仕事だ。

「本当は全部彼女の情報を暴いて、何も無かったね、って笑えるのが一番なんだがねぇ」

やたらと女性の色が強く出た、化粧品の多い洗面台に目をやって。

ぼんやりと、小さくぼやいた。

「うし……こんなもんかな」

結局、引っ越しの荷解《にほど》きは夜遅くまでかかってしまった。

大きな家具は既に運び込まれていたり、最初から備え付けられていたりするので、入居者たる俺たちが力仕事を要求されることはない。複数あった、家で組み立てるタイプの家具も、有難いことにそれも業者の方がぱぱっと済ませてくれた。にも拘わらず、これだけの時間を食ったのだ。引っ越しおそるべし。

夕食も各々《おのおの》、スーパーで買ってきた半額弁当で済ませた。親父も実佳《みか》さんも忙しい人だし、美穂と未桜《みお》も部活に時間を取られるので、家族全員で食事を取ることが出来る数少ないタイミングではあったのだが、致し方のないことだ。

荷物を入れていた最後の段ボールを折りたたんで、一息。

「俺だけの部屋、か。逆に落ち着かないまであるな」

深い茶色のカーテンに、同色の絨毯《じゅうたん》。デスクも同じく。元から臙脂《えんじ》に近い茶色が好きだったこともあるが、やはり統一感のあるインテリアというのは良いものだ。

よく柱時計なんかに使われる、赤みのある深い木材の色と言えば分かりやすいか。

昼間に窓から見える木の葉の緑に合わせて、自然と調和した色合いが大変俺好みである。

青とか緑とか、いわゆる〝男子っぽい〟色よりも、新居の広告で使われるような雰囲気を望んだというわけだ。結果として、クローゼットとベッド、姿見にデスクの他にはなんもない部屋になってしまった上、どんなに必死こいて着飾っても所詮は中古の物件で、少々壁が黄ばんだりしてしまっているのはご愛敬《あいきょう》。

「なんつーか、背伸びしてる感が出てしまった気もするが。これもまた良かろ」

成金《なりきん》が破産してもなお見栄《みえ》を張ってる感というか。若干家具のチョイスを失敗してしまった気がしなくもないが、物心ついて初めての引っ越しなのだ。教訓としておこう。

「みんなはどーなってんだろ。力仕事は多くないはずだが」

困ったりしてないだろうかと、扉の方へと目をやった。

この新居は二階建ての戸建て物件。階段を上ってくれば真《ま》っ直《す》ぐ延びた廊下があって、左右に二つずつ部屋があるという分かりやすい間取り。

それぞれ俺たち兄妹が部屋を貰《もら》ったとあって、二階は完全に子供のテリトリーだ。

俺の部屋は左奥。俺の部屋の隣は美穂、そして正面の部屋は――。

「おにいちゃぁん……」

そうそう、こういう高くて甘い声の特徴的な我が実妹――え？

「ゆ、きひめ……さんですか？」

「そ、そうだよぉ？」

頭がおかしくなったかと思った。

引っ越しで出てきたのだろうか、幼い頃に彼女が着ていた可愛《かわい》らしいパジャマ。

髪型も俺がよく結ってやっていた頃のツーサイドアップ。

そして何より、もう明らかに無理をしているのがはっきり分かるこの熟れたトマトみたいな真っ赤な顔！

なんだ？　夢でも見てんのか俺は。あれだけ兄を疎《うと》んでいたはずの雪姫だぞ。

「いっ妹《いもうと》、お兄ちゃんはお引っ越し終わったかなって見に来たのっ」

どういう一人称だ。いやそもそも二人称も数年ぶりに聞く〝お兄ちゃん〟ですし。

てこてこと、ぎこちない歩みはまるで出来の悪いおもちゃだ。

見上げる俺の前にまで足を進めた、雪姫ver.10.0もとい十歳くらいの頃のような我が妹に、流石《さすが》の俺もろくな反応が出来ないまま……。

「あ……あ？」

「お兄ちゃん……」

後ろに回り込み、するりと首回りに絡《から》めてきた腕は俺を後ろから抱きしめる形。

昔はよく俺が借りてきた本読んでる時とかに、構って欲しいとばかりにこうして体重を預けてきたものだけど——んな回想に浸ってる場合じゃないな？

「ゆ、雪姫……どうしたんだ？」

「どうしたって、なぁに？　片づけ終わったのかなって」

耳元で囁《ささや》かれる吐息交じりの声。そのままはむっと耳を咥《くわ》えられそうなほど、距離が近い。確かに甘えたがりだった、小学生の頃の雪姫そのままではあるんだが。

背中に当たる柔らかな双丘が、否が応でも現実を教えてくる。タイムスリップしちゃったわけではない。ここに居るのは高校生になる俺と、俺を嫌って久しい実妹のはず。

「そりゃ終わったが……」

「そっかぁ……」

会話が途切れると同時、回された腕がぎゅっと強く俺を抱きしめる。

そのまま絞殺《こうさつ》されるようなことは無さそうだが。

しばらくの無言に、窓から見える庭の木々がさらさらと音を奏《かな》でて。

「……どうしたんだ」

「っ……なにが？」

声をかければ、ぴくりと反応。思い切り俺に体重を預けて抱き着いていた彼女の身体《からだ》が、少し強張《こわば》ったような感じがした。

ふわりと漂ってくるのは、彼女がいつも使っているシャンプーの他に……タンスの奥で眠っていた衣類が原因であろう、芳香剤の匂い。後ろに回ってしまったからあまり目にしたわけではないが、入ってきた時の恰好《かっこう》を思い出す。

小学校の……それも低学年の頃のようなその身なり。甘えた盛りだった雪姫の記憶。

そういえば扉の横に姿見をセットしたはずだったことを思い出して、ちらりとそちらへ目をやった。いったい何が起きているのかと——あっ。

「あ」

え、あ、美穂《みほ》。

なぜ見てるんです？

と、俺が疑問を呟《つぶや》くより先に跳ね上がる雪姫。

「——ぎゃあああ‼　深倉姉⁉」

「深倉姉なんて呼ばれ方初めてですが⁉」

なんだなんだ、どういう状況だ？

美穂と共謀のいたずらまで考えたんだぞ俺は。違うの⁉

「って、いうか！　なにくっついてるんですか！　いやなにくっついてるんですかｏｎど
んなかっこうしてるんですか！　どういうこと⁉　皇季さんの趣味⁉」

流れ弾が致命傷だ。

顔を真っ赤にして俺を指さす美穂。しかしなぜか雪姫も譲らない。

先ほど跳ね上がって離れたはずの温《ぬく》もりが、またぎゅっと力強く背中にひっつく。

「き、兄妹《きょうだい》ならこのくらい普通だし！　あなたの入る隙間とかないし！　ほら、ほら！」

ぐいぐいくっつくこの子。え、ちょっとやだ、こんな状況なのに久々に雪姫が抱き着い
てくれて嬉《うれ》しい俺が本当にいやだ。

「ちょ、やめて、なにその、なに⁉　絶対普通なんかじゃない！　おかしいって、こ、皇季さんそんな、そんなのっ！」

あ、ヤバい。幻滅されたかも。いやまあ、俺に抱く幻想なんてないかもしれんから、ただただドン引きされたかもしんない。

「あ、あたし、あたし……」

そら頭も抱えるよね、俺だってこれ社会的に死んだことくらい分かる――。

「あたしでも良いですか⁉」

お前もお前で何言ってんの？

「は――――⁉　そんなんダメに決まってんじゃん‼　これ、兄妹！　兄妹の絆《きずな》！」

「雪姫さんに聞いてないし！　そ、れにほら！　兄妹なら！　あたしもほら！」

しまったついていけない。美穂さん？　美穂さん？

「残念でした！　お兄ちゃんは十歳くらいの頃の妹が大好き‼」

まて、マジでどういう理屈だ。俺はいくつになったお前も好きだぞ。

ていうかなんでこんな恰好《かっこう》してるのかってそういうことかよ。

俺の庇護《ひご》欲を呼び覚ます的な⁉

「ぐっ！」

いや美穂もうろたえるな。ドン引きされておかしくないんだって。

「じゃ、じゃあ！」

「なに！」

「今の雪姫さんは十四歳ですよ皇季さん‼　現実を見て‼」

「あーやめろー‼　お兄ちゃんを夢から覚ますな‼」

俺なんか幻術にでもかかってる感じなのこれ。

ばたばたと俺の目の前で猛然と手を振る雪姫と美穂。

「って、いうか！」

ぎっと美穂が雪姫を睨《にら》んだ。

「雪姫さんは皇季さんのこと嫌いなんじゃなかったの⁉　凄《すご》い嫌われてるって皇季さん言ってたけど⁉」

「うっ……！」

今度は雪姫がダメージを喰《く》らったように胸を押さえた。

でもそれは正直気になる。

ただ、雪姫はぎゅっと目をつむって言い放った。

「もうっ……！」

もう？

「もうお兄ちゃん離れやめた！！！！」

「どんな宣言なのそれはぁ！」

そんな迫真の宣言寝耳に水すぎる。

お兄ちゃん離れのつもりだったの⁉　そして今やめたの⁉

「やめた！　もうやめた！　妹、お兄ちゃんが大好き‼」

「そ、そんな軽々言われたって皇季さんが納得するわけ……あれ⁉」

どうしよう嬉しい。

「ちょっと皇季さん⁉　なににやついてんですか⁉　嘘《うそ》でしょ⁉　けっこう大概な嫌われ方してたと思うけど⁉」

「俺は全然妹離れできてなかったから……」

「この状況になって初めての台詞《せりふ》がそれですか⁉」

頭を抱える美穂である。いや本当に申し訳ない。本能に素直で申し訳ない。

「こ、厚顔無恥！　恥を知りなさい雪姫さん！　皇季さんがどれだけ！」

「分かってるもん！　分かってるけど――！」

キッ、と美穂を睨んで言った。

「妹が頑張ってお兄ちゃん離れしようとしてるのに、その妹が増えたら意味ないもん！　しかもなんか、お兄ちゃんだいしゅき〜みたいな空気むんむんの‼」

「そ、そんな感じなんかじゃないけど⁉」

「いーやそんな感じ！　なにあの、駐車場のあの顔！　ようやく会えましたねみたいなヒロイン気取り！　ぺっ！」

「ぺっ⁉」

ぺっ、は汚いからやめなさい雪姫。

「あ、あたしはただ皇季さんに恩があって——じゃない！　頑張ってお兄ちゃん離れ？　それを皇季さんが喜んでるとでも⁉」

「そ、それは深倉さんには関係ないの！」

「じゃあそこ代わって‼」

そこ代わって？？？？？？

「やだ‼　なんで⁉」

「いいじゃんお兄ちゃん離れ！　あたし全然ニコレットになるから！　協力する！」

「お兄ちゃんをタバコみたいにゆーな‼」

「うるさいお兄ちゃん依存症！」

「だからなに‼」

否定しないんだ。

「お兄ちゃんと離れたくないから一番可愛《かわい》がられてた時の恰好するとかもう依存症以外の何物でもないでしょ！　お兄ちゃん離れしようとする方が健全だよ！」

「ぐっ……で、でも結局妹が増えたらお兄ちゃんは妹のために何だってするもん！」

……雪姫お前、もしかして。

「それが嫌だったから、お兄ちゃん離れしたかったのか？」

「あぅ」

言っちゃった、とばかりの雪姫。

……マジか。やっぱ俺のせいか。

「そ」

と、そこで美穂まで突っ込んできた。

「じゃあ大丈夫だから！　もう大丈夫！」

雪姫の反対側からぎゅっと抱き着いた美穂。柔らかくて、女の子らしいフローラルなボディオイルの香りが鼻をくすぐった。俺の家にはなかった香りで、少しどきりとする。だって、親しくしていた後輩の匂いでもあるんだ。それがくっついてるってだけでとんでもない話で――あれ、これ普通に状況おかしいな。

ちらっと顔見たら美穂も顔真っ赤だし。

「なにしてるの深倉さん‼」

「大丈夫だから！　あたしは皇季さんに無理なんてさせないから！」

「なっ――」

雪姫の表情が一瞬固まり、それから何かを言おうとしたその時。

「あ、あの‼」

と、高く可愛らしいソプラノが悲鳴交じりに上がった。

この場の誰のでもない声に、振り向く先はドアの方。

ぷるぷる震えた、なんとも可愛らしいピンク色のパジャマ姿。

ツインテールはおろされて、美しい黒髪の女の子。

どちらの姉より背の高い、でも一番幼い少女が叫んだ。

「寝れないよぉ！」

それは本当にそう。

「ごめんな未桜。俺のせいだ」

「え、あう。兄さんのせいとかじゃ」

凍り付く姉ふたりをよそに、あせあせと目を逸《そ》らす未桜。可愛いなあこの新妹。

「で、でも……静かに、してね」

目を逸らしたまま、しーと唇に指をあてて。天使はとてとてと帰っていった。

と、その瞬間である。

「うわ――――ん！　お兄ちゃんが未桜ちゃんに取られたぁああ！」

「な、ちょ、そ、そういうんじゃないですよね⁉　ね⁉」

大変可愛らしい妹たちではあるが。

俺の安らぎは未桜なのかもしれない……。

実妹の奇行日和

目覚ましの音が鳴り響き、ゆっくりと眼《め》を開けば知らない天井。嗅ぎなれない香りは決して嫌なものではなく、いつもとは違う角度から差し込む朝日にようやく察する。

ああ、そういえば昨日から新居暮らしであった、と。

寝ぼけた頭というのは不思議なもので、どれだけ衝撃的なイベントの数々をこなしたとしても直前のことを忘れて〝いつも通り〟を繰り返そうとしてしまうようで。

だからまあ、思ったよりも広くて柔らかいベッドから、弾みで転がり落ちてしまってもそれは仕方のないことなのだ。たぶん。

「いってぇ……」

おかげで目は覚めたけれども。シャワーでも浴びて、それから朝食の準備と行こう。

俺たち学生は春休み中とはいえ、社会人にそんな概念は無い。

親父《おやじ》はもう出ていったあとだろうし、実佳《みか》さんも昨晩から出かけたままだ。いったいどこで何の仕事をしているのかは、相変わらず分からないが。いずれにせよ今この家に居るのは俺と妹たちだけで、中でも急ぎの朝ごはんを必要とするのは美穂未桜《みほみお》の二人だけだ。

さっとシャワーを浴びて寝汗を流し、昨日のうちに予約しておいた炊飯をチェック。

「……改めて見ると八合炊きってボリュームすげえな」

六人家族ということと、子供が全員食べ盛りという状況が重なって炊飯器も冷蔵庫もかなり大きめのものを購入した新一戸瀬《ひととせ》一家。

俺はそこまでめちゃめちゃ大食漢というわけではないし、雪姫《ゆき》もかなり小食な方。

だが、やはり美穂未桜はそうもいかないのだろう。

なんてったって、ばりばりの体育会系だ。

「さて、やるか」

別に朝食なんてそこまで気合を入れて作るものでもないが、一つだけ事情があるとすればやはり〝遠慮〟だろう。下手なもの、苦手なもの、或《ある》いは朝から食べたくないようなものを俺が用意したとしたらどうだろうか。優しい子たちだし、わざわざ作って貰《もら》ったみたいな負い目から無理して食べる絵が目に浮かぶ。

だから無難かつ美味《おい》しいものというのが、今回の俺に課せられた一つの条件である。

条件戦はそこまで苦手でもない。最終クオーター残り十五秒五点差《ぎりぎりワンチャンあるかないか》、みたいな状況は何度も遭遇してきた。そこですぐ最適な行動を選べてこそ、一人前のアスリートである。

もうバスケやんないけど。

「さてさて、昨日の残りは——って昨日はスーパーの弁当じゃん」

仕方ないので、冷凍のハッシュドポテトを焼く。それからソーセージを用意して、フライパンに薄く水を入れる。最近流行《はや》りの茹《ゆ》でながら焼く、という手法である。レタスは芯を素手でくりぬいて、軽く洗ってから水を切っていく。プチトマトがねえから水菜と合わせて緑サラダだな。缶詰のコーンでも振っておくか。

朝っぱらから味噌汁《みそしる》作るのは面倒なので、こちらはインスタント。

夕食はともかく、朝食は手軽さがものを言うからな。

と、そこでリビングの扉が開く音。

お目覚めかな、と振り向けば。寝ぼけ眼を擦り、枕を抱いたままやってきた少女。

寝ぐせがあまりついていない長い髪は、つやつやしていて綺麗《きれい》なものだ。おはよう、と笑いかけようとしたその瞬間、向こうからへにゃっとした挨拶がブッ込まれた。

「ままー……おなかすいたー……」

未桜……お前というヤツは……。

「ああ、ご飯もう出来るからね」

「うん……」

もういっそ俺だということに気が付かないまま食べてしまった方が彼女も不幸にならずに済むのではないか。そう思って、会話を合わせてテーブルに準備をしていく。

呑気《のんき》に昨日と同じ席に腰かけた未桜は、しばらくぽけーっとしていたが。

「ん？」

あ。目ぇ合った。気付いたくせえ。

「ぁ……ああっ……‼」

泣きそうな顔でこっち見るんじゃないよ。

「ま、ママだよー」

仕方なく赤ん坊あやすようなテンションで手を振る。

「ああああああああああああああああああああ‼」

未桜が崩れ落ちた。

「まあ、うん。そういうこともある」

「き……きえてなくなりたい……」

「あんまり落ち込むな。俺もやったことあるから」

「……ほ、ほんとですか……兄さん……？」

縋《すが》るような瞳で見上げてくる未桜の前に、朝食のプレートをサーブしながら俺は言った。

「幼稚園の頃だけど」

「うわ――――ん！！！」

突っ伏して泣き出す未桜であった。可愛いなあこの子。

と、扉を開く音がして。

「あ、良《い》い匂い」

「美穂か。おはよう」

「はい、おはようございます皇季《こうき》さ……ん？　未桜はどうしたんですか？」

リビング入るなり俺の足元に崩れ落ちている未桜を見れば、確かに理解が及ばなくなるのも仕方がない。緩く首を振って、美穂に言った。

「俺は皇季じゃなくて、ママなんだよ」

未桜が力なく俺の足元をべしべし叩《たた》いた。

† † †

ガチ凹《へこ》みしたまま部活の練習に出かけていった未桜と、一緒にそそくさと出て行った美穂を見送って。あとでどうフォローしようか考えながら、さてもう一人ぐうすか眠っている妹がいるはずであると思い至る。

昨日のことを思い出せば、やはりあの奇行が記憶に鮮明だ。

ともあれ、俺の見た強めの幻覚という細い可能性を除き、昨日のアレは現実だ。

当人に聞くのが一番早いと言えばそれはそうなんだが、さてどう切り出したものか。

そう、悩んでいると。階段を下りてくる音は意外としっかり響くものらしい。

「――ぁ」

「……おはよう。意外と早かったな」

学校の無い日は昼前までぐっすり、それが雪姫の基本だ。

「……うん」

元気がない返事は、眠気からか。ていうか、なんか。

「……寝られてないのか？」

「……うん」

小さく息を吐《っ》いて、雪姫を見やる。はてさて、どうしたものかと。

「今日は休みだし、何も予定はない。生活リズムは幾らでも後から戻せる。もう少し、寝てきたらどうだ？」

「……やだ」

「そりゃまた、どうして」

その問いには雪姫は答えることなく、とてとてと階段を下りてきた。

「お兄ちゃん、朝ごはんは？」

自然に俺のことをお兄ちゃんと呼ぶ雪姫。

ちらりと目を見れば恥ずかしさはあるのか、そっと目を逸らす。

「俺はこれから自分のを作ろうかってところだが。お前もそうするか？」

「……まだ、作っては無いの？」

「ああ。美穂と未桜の分だけ作って、今送ったとこ」

「……そ」

さて、なんの問いだろうか。まさか家事全般全然出来ない雪姫が、自分で作るとも言い出すまい。作ったところで、俺の分まで作ってくれることは……いや、どうなんだ。今の雪姫が何を考えているのか、いまいち理解できていない俺が居る。

俺に出来ることは、このやり取りを踏まえた上で雪姫がどうするのかを静かに待つことだけだった。

ただ、そうすると。意外と早く彼女は顔を上げて、こう言った。

「じゃあちょっと……出ない？」

†　†　†

朝のファミレスに来たのは、ほぼ初めてに近い。なんというか新鮮だ。

モーニングセットってのも存在するのかと、メニューをぴらぴら見ながら思う。

ガラス張りの壁の向こうには、車がびゅんびゅん走っていく大きな四車線道路。

国道沿いのここは、でかい駐車場もあるそこそこ有名なチェーンのファミレスだ。

昔から金の無かった俺の家では、ファミレスってのは本当に半年に一度足を運ぶことが出来るかどうか、という高級レストランだった。

小学生の時分は年相応にはしゃぎもしたし、公共の場で騒いだせいで怒られもした。けど、それ以上に楽しかった思い出が詰まってる場所でもあった。

「しっかし……懐《なつ》かしいなここ」

「新しい家から近かったの」

独り言に返事があって、顔を上げる。

雪姫が居た。昨日のような無理をして変に媚《こ》びたような笑顔ではない、自然な表情。ただ気になるのはやはり、突然変わった服装の雰囲気だろうか。

箪笥《たんす》の奥にしまわれていたにしては、随分と物持ちは良いけれど……それにしたって、それなりに育った彼女の服装だとするとややアンバランスにも見える。

オフショルのロンTは明るい黄色。スカートはミニのジーンズ生地。

ニーハイソックスはこれまた可愛《かわい》らしい柄で、発育の良い小学生のようだ。

どれも、彼女が三年くらい前まで着ていたもの。

……やっぱり、昨日口走っていたことは本気なんだろうか。

一番可愛がられていた時期……それは確かにそうだ。そこからお兄ちゃん離れをなされてしまったので……。

「ほいドリンクバー」

「お、悪いな」

ただ、それを指摘するより先に置かれたジュースのグラスに目をやった。

なんだか、こう……なに？　この色。黒く濁ったオレンジ色……？

「ふふん、お兄ちゃんこういうの好きでしょ」

「それはそう」

勝ち誇ったような顔をして、ボックス席の正面に座る雪姫。

自身はといえば普通にメロンソーダを手にしている。

さーて、これは何と何の混ざった味だ……？

「うぉ……！　これは……！」

「さーなんでしょうか！」

「コーラと野菜ジュースは確定だ……だが、あとなんか混ざってんな……！」

昔、よくこうやってドリンクバーを混ぜるのが好きだった。雪姫はあまり得意ではないというか、変な味になってしまうのが嫌だとかよく文句言ってたっけ。

でもそういえば、こうして俺に持ってきて当てさせたりするのは好きだったな。

「この甘さは何由来だ……」

「ふふーん」

楽しそうに足をぱたつかせながら、両手で頬杖《ほおづえ》をついて俺をじっと見ている。

まるで当てさせるつもりがないような……いや、待てよ。

当てさせる気がないというのなら、そこから推測もできるというもの。

そう思ってもう一口。……たぶんこれ、ガムシロップだ。

「どう？　分かった？」

「いやー、わっかんないなー！」

「なまったねお兄ちゃん！　正解はガムシロップなの！」

「なっ、ドリンクバーのクイズでガムシロップは卑怯《ひきょう》だぞ！」

「えへへ。でも残念、昔のお兄ちゃんはちゃんと当ててたの。なまっただけなの」

あれ、しまったそうだったか。

やるな昔の俺。ていうか、よく覚えてるな雪姫も。

とはいえ、雪姫が楽しそうならなんでもいい。

上機嫌な雪姫と俺の間にそっと影が差して、店員さんが注文した朝食プレートを二つ運んできてくれる。

一礼して去っていく店員さんを見送って、一息。

ファミレスのクオリティ上がり続けてんなー。昔も宝石箱みたいに思ってたけど、その時と同じくらい美味《うま》そうだもんよ。

思い出補正のあるあの時より大人になった俺がそう思うんだから、間違いない。

「いただきます」

音もたてずにそっとその小さな手を合わせて、先に食事を始める雪姫。

妹が数年ぶりにこうして俺と二人になってくれたのは嬉《うれ》しい。俺が昨日のことに何も触れず、このままの時間が続くなら正直それを選びたい気持ちはある。

ただ、やっぱり俺は気になったことをそのままにはしておけない性分のようだ。

もしもここで見過ごしたばかりに、予期せぬトラブルが生まれたら、と。

一見して優しいだけの新しい義母に探りを入れるのも、きっと同じことだ。

相変わらず上品に食べるものだ。それ自体は良いことなんだが、あれは元母が体罰仕込みで教えたものだと思うと少し気が滅入《めい》る。

いや、マナーに罪はないか。あんなことがなくたって、雪姫は綺麗《きれい》に食べるはずだ。

「……ねえ、お兄ちゃん」

食後。ココアの入ったマグカップで、そっと手を温めるようにしながら。

おずおずと、雪姫は俺を見上げて呟《つぶや》いた。

「嫌だったら、そう言ってほしいんだけど」

「お前の頼みで嫌なことなんて何もないが」

「だからそういうのっ……じゃなくて！」

ちょっと怒られた。

「…………えと」

相当な逡巡《しゅんじゅん》を経て、雪姫は零《こぼ》した。

「……お兄ちゃん離れ、やめていいかなあ」

何を言うかと思えば。

「御社には是非即刻やめていただきたい」

「いやそう言うと思ったけど！　思ったけどぉ！」

やはり同業他社の参入で妹事業がピンチとかそういう話なんだろうか。

長年懇意にしていたので、全然取引を打ち切るつもりはないんだが。

「だって……いまさら」

なおも唇を尖《とが》らせる雪姫に、俺は言った。

「雪姫がどんな気持ちで俺から離れようとしたのかは分からないけど……べつに今更なんてことはないよ。だって、俺の気持ちは何も変わってないわけだし」

「……お兄ちゃん」

少し眉を下げて。困ったように、雪姫は笑った。

「あはは……けっこー冷たかったと思うんだけど……そっかあ……何も変わらなかったかー」

「残念ながら、そのくらいでお兄ちゃんの牙城《がじょう》は崩せないな」

「強いなー……お兄ちゃん……」

だからまあ。

「雪姫が俺を嫌わないでくれるなら、ただ単に俺が喜ぶだけだな」

「ん……わかった。……ありがと」

優しく、可愛らしく。あの日の雪姫と同じように微笑《ほほえ》んでくれて、俺は心底ほっとした。

しかし、そうか。だとすると。

「そうかそうか」

「お兄ちゃん？」

「また雪姫の髪を結んだり、とかしてやったり、あ、洗濯も解禁か、久しぶりだし一緒にお風呂《ふろ》とか」

「お、おおおお兄ちゃん⁉」

「ん？　いや、嬉しいよ俺は」

「待って！　ストップ！」

「どうしたんだ？　あれ、俺は何か間違いを」

「ぜ、前半はあの、ちょ、ちょっともう恥ずかしいけど、でも、うん、うれし……嬉しいよ⁉　でもせ、洗濯とか、お風呂とかはもうダメ！　ダメだから！」

「！？！？！？」

ばかな。

「そんな驚かないでよ‼　い、妹もう十四歳！」

ばたばたと両手を動かして、慌てて否定する雪姫。

そ、そうか……十四歳。そうだよな。

「反抗期……」

「違う！　思春期！　えせ反抗期はさっき終わったの！」

ぐ……まあ、確かに。だったら仕方がないか。

言われてみれば、そうなんだよな……。

「た、確かにそのっ……十歳の時みたいにって……い、妹も思う！　でも流石《さすが》にダメ！　ていうかあの頃のあたしもなんで喜んでお兄ちゃんとお風呂に……恥ずかしいでしょ！」

「ゆ、雪姫？」

なんかこう、ひとりでばたばたしだした。ショックを受けている俺を置いて。

「え、えっと、だから、お兄ちゃん！」

「あ、ああ」

「十歳の時みたいに可愛がってほしいけど、でも十四歳なの！」

「難しい」

「難しいかもしれないけど！　あたしだって女の子だよ！　深倉さんとお風呂入ったりしないでしょ⁉」

「流石にな。……あ、でも未桜はどうだろう」

「ダメに決まってんでしょうが‼」

やっぱダメか。

めちゃめちゃテーブル叩《たた》いてた。やめなさいはしたない。

「わかった。自重する。我慢する」

「我慢しなきゃダメなの……」

そんなばかなという顔で俺を見る雪姫だった。

でも仕方なくない？　久々に雪姫を思う存分可愛がってよいと許可が出たんだ。

なのに、ねえ？

「……じゃ、じゃあ、一回。一回だけ……いいの」

「えっ」

「だ、だってお兄ちゃんこのままじゃ未桜ちゃんと一緒にお風呂入りそうだもん！」

「断られたらやらないよ」

「まず聞くなっていうの！」

ぷりぷり怒る雪姫も可愛いもんだ。

もー、と頬を膨らませる雪姫。

「でも深倉さんに頼むってことがないのは良《い》いことなの」

「まあ、うん」

美穂《みほ》のことは、可愛《かわい》がっていた後輩という意識がだいぶ強いからな。

もちろん、変に妹格差を作るわけにはいかないが。

「深倉さんにだけは奪われるわけにいかないの……」

「……ふたりともそんなに学校で接点なかったよな？」

「ないけど！　これはそういう問題じゃないの！」

同い年同士、仲良くしてほしいものだが。

昨日のことを見ていても、ちょっと怖いところである。

実佳《みか》さんのこともありつつ、改めて美穂と雪姫のことも考えないとな。

「あ、あと、お兄ちゃん」

「ん？」

「お、お風呂のことだけど」

「ああ」

「……おうちに誰もいない時に、ね？」

なるほど確かに、恥ずかしいって言ってたもんな。

そのくらいのことは、しっかり担保しようじゃないか。
照れたように目を逸《そ》らした雪姫は、大変可愛らしかった。

義妹も可愛いね。

義妹二人の話をしよう。

うちの――つまり俺が去年まで通っていた中学の女子バスケ部は、いわゆるアレだ。

公立校の癖にやたら強い、みたいなタイプの全国大会常連校だ。

公立校が強くあり続けることが出来ない一番の理由は、スカウトの有無や設備の有無よりも監督――ヘッドコーチの存在が大きい。

強豪私立が強い監督を高額で雇い続けているのに対し、どんなに強くても一定以上の予算が下りない公立中学はどうしたって弱くなる。しかしそんな中、母校愛が強く〝強くあり続けること〟への執念が強いOGたちがずっと指導を続けているのが我が校だ。

だんだん、女子バスケ部だけは特別――というような暗黙の了解が出来つつあるまで公立の癖に強豪という文化を繋《つな》げ続けたOGたちのことは、俺は素直にすげえと思う。

閑話休題。

そんなわけで、美穂と未桜《みお》の姉妹はわざわざ越境してうちの中学に入学した、〝バスケしにこの中学来ました〟なタイプだ。そして、そんな子たちがわんさか居るうちの学校で、一年生の癖に既にエースとして活躍しているのが下の義妹こと未桜である。

中学生で、一年生から、三年生がまだ引退する前のタイミングでスタメン起用。これがどれだけ異常なことかは、中学で運動部に所属していた者なら誰でも分かるはずだ。

高校で一年生がスタメンに抜擢《ばってき》されるよりも遥《はる》かにあり得ない話なのだ。

まず成長期の体格差。身体能力の差というのが、高校よりも遥かに顕著だ。

そしてバスケットボールに限れば、小学生のリングと中学生以上ではそもそも高さが違う他、ボールのサイズも変わってくる。

そこに順応するまでにかかる時間は、素人《しろうと》が想定するよりも長いもの。

だというのに、全国大会常連の中学で、一年生の春から、スタメンどころかエースのポイントゲッターとして試合で活躍していた。

無論、月刊バスケでも単独記事にされている。

深倉《ふかくら》未桜という少女は、それだけの逸材である。普通にプロ選手候補なんだよな……。

たとえそれが、俺のことママとか呼んじゃう子であったとしても！

「——引《ひ》き摺《ず》ってないといいなあ」

かわいそうに。と、玄関の鍵の音がしたのはその時だった。

やけに響くから、リビングに居てもすぐに気付ける。

「ただいま帰りましたー！」

ふと時計を見れば、もう十三時過ぎ。

「おかえり」

「はい、ただいまです」

なんだかこそばゆそうに微笑む美穂はポニーテールだ。その緩くウェーブした髪を後頭部でひとくくりにして、前髪はヘアバンドで留《と》めている。普段のサイドテールと可愛らしく作った前髪も良いけど、おでこの出ている髪型も可愛いね。

そして後ろで縮こまっている未桜は行きがけと同じツインテール。

彼女も部活の時はチャイナっ娘《こ》みたいに結んだ髪を纏《まと》めていた記憶があるが——良い香りがするところを見ると、帰りに更衣室でシャワー浴びてきてんだな。

「お疲れ様。お昼は？」

「あーまだですまだです！　皇季さんは？」

「俺もまだ。パスタでも茹《ゆ》でようかなって」

「お手伝いしますよっ！」

「それは助かる」

ぱたぱたと靴を脱いで、そのでかいエナメルバッグと共に部屋への階段を上がっていく美穂。——そして取り残された未桜はと言えば。

「…………ぁの」

「おう、おかえり。どした？」

靴も脱がずに立ち尽くしたまま、もじもじと何か言いたげで。

「朝のことは……」

「あー」

まだ気にしていらっしゃった。

「そう凹《へこ》むな。可愛い間違いじゃんか」

「で、でも……兄さんをま、ママなんて……あまりにも……」

思った以上にダメージがでかかったらしい。少し考えて、ぽんと頭に手をのっけた。

身長はあまり変わらないが、玄関だと段差があってちょうどいい。

「俺さ、未桜のこと超絶完璧美少女だと思ってたんだよ」

「えっ？」

急に何の話だと、驚いたように俺を見る未桜。

「だってそうだろ？　俺が引退する前から、うちの女バスで一年生エース。試合中はすげえクールだし、身長も高くて周りのチームメートとかクラスメートからきゃーきゃー言われても動じない」

「そ、れは」

実際、そうだった。試合中の彼女が、このぽんこつ具合から想定出来ないほど鋭い瞳でプレーしているのもそうだし、周りから大人気なのもそう。大人しい性格も、バスケの実力とこの高身長が合わさるとただの冷静沈着な少女に見えるらしい。……まあほんとは元からこの子がちょっと天然さんなのは知ってるんだが、それを言うのは男じゃない。

「だからちょっとくらい失敗してるとこ見て、ほっとしてる俺も居るんだぜ？　あー、この子も俺と同じ普通の人間なんだってさ」

「……兄さん」

「それともあれか？　孤高のエースにはちょっとした失敗も大きく思えるとか？」

「……そんな、ことないです。でも……」

でも、と言葉を続けようとして。未桜はしかし、ふるふると首を振った。そこで俺の手が離れて、なんだか妙にその手を彼女の目が追っていたのはちょっと可愛いが。

「いえ。ありがとうございます、兄さん」

ほんわかと微笑《ほほえ》む彼女に、少しほっとした。

水に流してくれたようだ。

「なんで御礼《おれい》言われるのか分かんねえなー」

パスタつくろー。あまりここで俺が長居してもまた気まずくなるだけだ。

ってことでさっさとずらかることにした。


「……ふふっ」


後ろで小さく聞こえた笑い声。

それが俺の大根演技を笑っているのか、機嫌を戻してくれたのか。

それは別にどっちでもいいか。

しかしまあ、機嫌を戻した未桜が……まさかパスタ一袋消滅させるとは思わなかったぜ。

朝もそうだったけど、めちゃくちゃ食べるじゃんこの子。

†　†　†

さて、珍しく練習が昼までだった義妹二人を俺が出迎えた理由だが。

それは結構単純なものだ。昨日話した通り、俺はこの姉妹から母親のことについて探りたいと思っていて、そのために一人一人と懇親会を口実に出かける約束をしていた。

そして今日の午後が空いていると言ってくれたのが――


「――お待たせ、しました」

声に振り向けば、ふわりと鼻腔《びこう》をくすぐる花のような香り。

視界に飛び込んでくる——目を瞠《みは》るほど綺麗《きれい》な女の子の姿。

「……まじ？」

思わず声が漏れてしまった。

素材が良《い》いのは分かっていた。バスケ以外のことに打ち込む暇なんて殆《ほとん》どないだろうに、私服のセンスがいいことも分かっていた。

昨日も質の良いタイトなジーンズと、白のシンプルなブラウスに可愛らしい桃色のカーディガンの組み合わせで十分オシャレに思っていたものだ。

部活帰りのジャージ姿を間に挟んだせいだろうか。

三割増しで可愛く見えるのは、多分それだけじゃない。彼女の肩書と普段の快活さからはかけ離れたガーリーなセンスの服装が、恐ろしいほど似合っていたからだ。

「あの、皇季さん……？」

「あ——悪い悪い！　ははっ」

落ち着け落ち着け。かっこつかねえ。

誤魔化すようにけらけら笑ってみせる。

「いやぁ、元からめっちゃ美人とは思ってたんだぜ？　でもまさか、こんな可愛らしい恰《かっ》好《こう》がばっちしハマるタイプだと思ってなかったってーかさ、はっはっは」

「っ……」

　実際そうだ。

　言われてみれば美穂《みほ》も、今年ようやく十五歳になる女の子。肩書こそキャプテンと物々しく、下に妹が居るお姉ちゃんってことで少し大人にも見ていたのは確かだが。

　まだ可愛《かわい》い盛りには変わりない。

　厚めの生地はクマのぬいぐるみのような茶色ベース。飾る刺繍《ししゅう》は丁寧に刻まれた花柄で、肩やスカートのひだといった縫い目には白いレースがあしらわれた春用のワンピース。白い丸襟がほんの少し幼い可愛らしさを演出しているのに反して、腰元はきゅっと絞られていて女性的なラインが上品に浮き出ている。

　膝上から覗《のぞ》く素足は自信満々で、くるぶし丈の白い靴下がこれまたちょこんと愛らしい。

　これでバスケやってなかったら、普通に被写体としても仕事が沢山ありそうな雰囲気である。薄くメイクもしているのか、顔の陰影にメリハリもついて可憐《かれん》さも割り増し状態だし、髪の色艶も普段より輝いている気がする。

　そう、あと髪型。

　普段の活発さを感じさせるサイドテールから、耳下で軽く結んだウェーブしたお下げに変貌しているのが、個人的には一番印象に残るポイントである。

「……結構、可愛い恰好好きなんですよっ？　ほらその……自分で言うのもなんですけど、パジャマとか……」

「そう、だな！　そうだったな！　確かに！」

何が確かにだ、テンパるな俺。

いやでも、こんな可愛い可愛いてんこ盛り！　みたいな美穂初めて見たんだから仕方なくないか？　とテンパってる側の俺が言う。

それもそう。

だって美穂《こいつ》と会う時って制服か部活関係の服が殆どで、外で会う時もだいたい動きやすい恰好だったというか——それこそ、昨日再会した時みたいな服装がせいぜいだ。

何この、気合入れてデート行くみたいな服装。

ついでに言えばやたら俺の好みなんだけど。

……そうそう。中学時代によく部活メンツで話したわ。一人読者モデルやりながらバスケしてる腹立つイケメン後輩が居て、よくファッションの話はそいつからチームメイトに振ってきてた。一時期、俺にどんな見た目の子が好みかって聞いてきてな……おかげで俺もある程度、服装の好みが言語化出来る身体《からだ》になってしまった。

「――俺の好みが入っちゃうけど、すげえ可愛いし良いと思うわ」

「そ……う、ですか。……良かったぁ」

「つかこれ、ぱっと見で美穂だって分かるヤツ居るのか？」

「さあ、どうでしょう」

「変装って意味でも持ってこいかもな……。誰かに見抜かれたりしたことある？」

そう問えば、緩く彼女は首を振って。

「いえ……初めてですから。こういう恰好」

「ん？　さっきお前、結構可愛い恰好好きとか――」

「行きましょうか！　ほらちょっとどいてください！　靴履きたいので！」

それもそうだ。玄関で突っ立っていても仕方ないと、脇に避《よ》けたその時だった。

「ちょっと待ったあ‼」

どたどたと階段を下りてくる音と共に、飛び込んできたのは白銀。

「危ないから突っ込んでくるなよ」

さっきまでおとなしくしていたはずの実妹である。

「どうした？」

しかして雪姫《ゆき》はびしっと指を差す――その先には美穂が居た。

「完全にデートじゃん‼‼‼‼‼‼」

たいそうご不満な様子だった。

頭を押さえ、なんと答えるか迷う俺である。義母の件で問い詰めたいことがあるから二人で出かけるんだ、とは雪姫には言えない。

親父《おやじ》もそうだが、雪姫も実母と決して良い関係だったとは言えないわけで。その記憶を想起させるようなことは言いたくないし、俺がそういう懸念《けねん》を抱いていることすら知らせたくない。家族には、ただ元気でいて貰えればそれでいいのだ。

「デートじゃないんだ。少し話したいことがあるだけで」

「妹抜きで？」

「そうそう。一戸瀬《ひとせ》定食……雪姫抜き」

「いじめじゃん⁉⁉」

「いじめじゃねーよ。なんなら俺と美穂以外全部抜きだし」

「デートじゃん‼」

「まあその、そう言うなって。美穂にもよくないし」

男女二人で出かけることそれ即《すなわ》ちデートなら、もうデートでも構わん。そこに恋愛感情があると勘違いされないなら、美穂も受け入れてくれる……と良いが。

「ちなみにじゃあデートの定義ってなんだ？」

「お互いを好き合ってる男女が、その一日を二人だけで楽しもうとする行為のことなの」

「思ったよりちゃんと定義っぽいの来たな。でもじゃあ違うさ。見て分かるだろ」

義とは言え兄と妹だぞ。そう言うと、雪姫の瞳から光が消えた。怖《こえ》ぇな……。

そのまま雪姫はまたぞろびしっと指を美穂に向けた。人を指さすのはやめなさい。

「――アレが？」

「アレ言うな。美穂がどうかしたか？」

「言語化しないと分からない⁉」

「まあ……根拠が聞きたいよな」

確かに無言の美穂が妙に居心地悪そうにしてるのは気になるが。

問いただされているようにでも感じるのだろうか。

「――兄妹《きょうだい》で出かけるにしては気合入り過ぎてんのよこの女！！」

「この女言うな自分の新たな姉妹《どうほう》を」

「おかしいと思わないのお兄ちゃん！　普段からめっちゃくちゃ陽キャかまして『男興味ないわーあははー』みたいな雰囲気出してる深倉さんが！　もう見るからに『見て！　あたし女の子です‼　貴方《あなた》の異性です‼』って主張してるじゃん‼　卑《いや》しいのよ！」

「卑しい言うな自分の新たな姉妹《はらから》を」

あと美穂もなんか反論しろ。ぷるぷる震えるな。未桜かお前は。

「――あの、何かあったんですか？」

んなこと考えてたら未桜来ちゃったよ。

「未桜ちゃん、ちょうどいいところに‼」

「え、な、なんですか雪――」

と、そこで彼女は自分の姉の姿を視認して。

「――えっ？」

「お姉さんの服装について率直な感想をどうぞ未桜さん‼」

握りこぶしをマイクに見立てた雪姫が、そのまま未桜の顔の前に突き出した。

「か、感想……⁉　えっと……あれだけぶりっこ嫌いって言ってたのに、そのものみたいな恰好するんだお姉――ひっ」

「未桜ちゃん？　ちゃんと最後まで言おうよ何か貴女《あなた》のお姉ちゃんに問題でもひっ⁉」

何やら二人して美穂の方を見て怯《おび》えている。なんだ、どうかしたのか？

「――皇季さん」

「ん？」

笑顔だった。何やら、妙に圧を感じるタイプの。

「行きましょうか。おやつ時に近くなると、お店も混んじゃいますし」

「ああ。そうだな」

それはその通り。俺が行こうとしてるところは心配ないとは思うが、気持ちは嬉《うれ》しい。

「それに、この恰好のあたしなら誰にもバレませんから、自然公園お散歩してから駅前繁華街とかどうですか？」

自然公園での散歩は、桜開花の時期でめちゃくちゃ混んでるだろうから目的の話は出来ないが……こっちから頼んだ用事だ。そのくらいは全然付き合おう。変装という意味では美穂のビジュアルは完璧だし。加えてやけに俺好みだしマジで文句ないっす。

そう、二人連れ立って出かけようとしたその背中に、呼び止める雪姫の声。

「深倉さん！」

さっきまでとは違ってやけに真剣で。

「変なことしたら許さないから！」

その言葉に、美穂は振り向いて微笑《ほほえ》んだ。その表情もまた、似つかわしくないほど儚《はかな》くて、俺が少しあっけに取られていると。

「誓って、しませんよ」

……なんだ、そのやり取りは？

義妹とデート日和

俺の元母の話をしよう。

見た目は綺麗《きれい》な人だった。そりゃ親父もうっかり惚《ほ》れるわというか、雪姫《ゆき》が大人になったらああいう系統の美人になるんだろうと想像できるような、そんな美女だ。

親父の方はと言えば、身長もそんなに高いわけでもないし、顔が取り立ててイケメンというわけでもない。だがとにかく頭がよく優秀な人で、会社を独立してしばらくは、可愛い嫁さん捕まえたこともあって本当に順風満帆だったようで。

それはもう、仲睦《むつ》まじい夫婦だったらしい。調べて出てきたアルバム類の中には、俺と元母が頰をくっつけて撮っている写真なんかもあった。それもだいたい二歳とか三歳くらいのものだから、俺の記憶には殆《ほとん》ど残っていないんだが。だから別に最初から酷《ひど》い虐待を受けていたわけでも、ネグレクトを受けていたわけでもない。

問題は、親父の事業が傾き始めてからの話だ。

経営というのは実力や発想力だけで勝負できる世界ではない。その時の流行や、その先を行くアイディアが当たるかどうか。そんなのはもう、天にしか分からない。

で、ちょうど大きな赤字を出して、割と経営危機に。雇われではなく経営社長だった親父は、当然事業失敗の煽《あお》りを一番に受ける人で、シンプルに家には金が無くなった。で、そこから元母の様子がおかしくなった。微笑みを絶やさない慈母、というイメージから一変して情緒不安定になり、小学校に上がりたてだった雪姫の成績一つで当たり散らすようになった。小学一年生の学業なんてたかが知れているが、小学生には素行に対する生活面での成績というものもあり。雪姫が人見知りの激しい方だったことと、たまたま担任と性格が合わなくて、結構辛口の評価がされていた。

あまりにも軽い雪姫の身体が、ビンタ一発で吹き飛んだことを覚えている。

思い返せば、〝良《い》い母親〟〝良い女〟で居たかったのだろう。

賞賛を受ける立場で居続けたかった。なまじっか長男の俺がそれなりに上手《うま》く小学校生活をこなせていたせいで、自分の子育てが完璧だとでも思っていたのかもしれない。

まあ、雪姫を庇《かば》った俺も結構酷い目には遭ったが、そこは割愛。

良いお兄ちゃんを気取るなら普段から示せだのなんだのと言われた気がする。

……それならお前が普段から良い母親であれよ、と今の俺は考えられるが、当時はやっぱり所詮は小学二年生かそこらのガキンチョでしかなく、大人という存在が怖くてそれどころではなかった。

自慢の夫も自慢できるような状態でなくなり、子供も大したことがないとなれば、母親のアイデンティティは何も無い。見てくれの良さだけが全てみたいな人だったから、きっとこれまで何の苦労もなく生きてきたのだろう。

結果何に頼って自分のむなしさを埋めたかと言えば、もちろん見た目だった。

今でもよく覚えている。俺が家に帰ってくると、廊下に縮こまっている雪姫が居た。片頬を真っ赤にして、泣きじゃくっていた。まるで追い出されたかのように、彼女の背――リビングの扉はぴったりと閉まっていて、何事かと思ったものだ。

扉を開こうとする俺を、雪姫が必死で制していた。おそらくは、開けたら殺すとでも言われていたのではなかろうか。

そして俺は見た。知らん男とソファで身体《からだ》を重ねていたのを。

その行為に何の意味があるのか、当時の俺には理解が出来なかったけれど。それをうかり口にした雪姫が、元母や間男から受けた暴行は正直、想《おも》い出したくもない。

子供の膂力《りょりょく》なんざたかが知れてて、俺もあっさり返り討ち。外から掛けられるタイプの鍵で、俺と雪姫は小さな物置に閉じこめられる日々が始まった。

――ほどなくして、きっと親父と元母の間でも事実が発覚したのだろう。元母は一戸瀬《ひとせ》家に寄り付かなくなった。

これでめでたしめでたしとはいかないのが人生だ。

全ての終わりに、親父は燃え尽きた。

傾きかけた会社を建て直すための情熱もあっさりと灰になって、俺と雪姫のことも最早《もはや》見向きもしなくなった。あの女との子供のことなんて、とてもではないが面倒を見られる心境ではなかったのだろう。今の俺なら、理解はできる。当時はめちゃくちゃ恨んだが。

――まあ、この先は別に、俺が必死こいて母から親権を喪失させるだけの話になるので割愛するとして。少なくとも、親父は元母のことが本気で好きだったし、裏切られた。

親になりたての男なんて、正直まだ親になりきれてないのはしょうがないことだし。

同様に母も、結局は女であって母にはなれなかったんだろうけども。

それでも、幾ら沈みそうとはいえ俺と雪姫と親父をあっさり見限って別の船に乗り移って、挙句沈みゆく船にトドメを刺そうとしたあの女のことは今でも許せる気がしないし、許そうとも思わない。結局のところ、その実母は悲劇のヒロインを気取りたい、恩も義理も理解することが出来ないただの歳食《とし》ったただけの子供で。親父は都合のいい男でしかなくて、俺と雪姫は外に見せびらかすための玩具でしかなかったという話だ。

何が言いたいかってーと……肝心なのは、そんなガキみてえな女一人に、あれだけ有能な親父がぶっ壊されて、うちの家が滅茶苦茶《めちゃくちゃ》にされたってこと。

母親って立場の人間には、母であるというだけでそれだけの力があるって話だ。弁護士が見つからないままなら、今頃俺と雪姫はバラバラに養護施設にでも飛ばされてた。

或《あ》いは……何だろうな。俺は中卒で奴《やつ》らのために働かされるならまだ良い方。脅迫交じりに犯罪でも強要されてたかもしれない。

雪姫なんかはさらに酷《ひど》いことは想像に難《かた》くない。あいつは幼い頃からびっくりするくらい可愛《かわい》い見た目だった。そう言えばもう語らずとも分かるだろう。

雪姫がどこまで当時のことを覚えているかは知らない。だが、忘れているのだとしたら幸せなことで、変に記憶のトリガーを引きたくもない。

今の俺と雪姫は、あの頃よりはずっと強い。でも所詮はまだ成人もしてない子供だ。この国では、成人しているかそうでないかで、人生の選択肢が違い過ぎる。

こう言っちゃなんだが、保護者が居ないならまだマシな方だ。

保護者が、文字通り保護してくれないロクデナシであることが、最大の不幸だろう。

美穂《みほ》と未桜《みお》という健全な少女二人の母親である実佳《みか》さんのことは、そこまで悪くは思っていない。だが、不審な点があるのも事実だ。だから――。

「――皇季《こうき》さん？」

「ん？　どうした？」

並んで歩く、春の自然公園。花見の時期と重なったせいか、かなり混雑している印象だ。

見上げれば満開の桜、しかし往来は人の海。

大池には多くの白鳥ボートが漕《こ》ぎ出し、それこそデートにやってきた男女が楽しそうに舟の上での花見を楽しんでいる。

この自然公園と駅前の繁華街はほぼ直通のようなもので。だからこそ、電車に乗ってこの公園へ花見にやってくる観光客も少なくない。最近は海外からの観光客も多いしな。

そういうわけで滅茶苦茶進みづらいんだが。

「や、やっぱりバスとかで行けばよかったですかね……？」

少し困ったように眉を寄せる美穂。

確かにうちから出かける時の交通手段は、自転車かバスか徒歩かの三択だった。徒歩で二十分強かかる道程なので、バスを使うのも無しではない。

自転車という選択肢はハナから無かった。こんなに可愛く服装をキメている子を、チャリなんぞに乗せられますかって話で。

バスでもよかったが、この分ならどうせバスも混んでいただろう。

「美穂はあんまり花見とか興味ねーの？」

「え？」

「これはこれで結構楽しめるんじゃねーかなと思ってたんだが」

「そう、だったんですか……？　あたし、てっきり――」

自分に合わせてくれたものと思っていた、と言ったところだろうか。

うーん、あんまり俺を献身的なタイプだとは思って欲しくないなー。

「俺は結構我がままな方だと思うよ？」

「……ふふっ」

ん？

「そう、ですね。確かに、我がままな人です」

一変して楽しそうな笑み。

「人の気持ちなんか無視して、無理やり助けてくれますしね」

「なにお前ポエマー？」

「なっ……!?」

笑顔を羞恥に染め上げて楽しんだところで、さくさく行きますか。

人ごみの中を縫うように、二人で進んでいく。

「――あれ、今の美穂じゃ」

「――え、どれどれ？」

「――ほらあのお下げの」

「──男の人と一緒のあれ？　えーないない、美穂があんな恰好《かっこう》するわけないじゃん」

背後から一瞬耳に触れたのはきっと、美穂の知り合いの会話だろうか。

確かに彼女は顔が広いし、学校から一番近いデートスポットなら視認されてもおかしくないとは思っていた。

しかし、完璧な変装だな。本当に美穂とはバレていないらしい。

「美穂、ちょっと提案」

「……なんですか」

「そう拗《す》ねた顔すんなよ。お前の知り合いいたぞ」

「え、うそ」

「ギリギリバレてないっぽい。美穂があんな恰好するはずないって」

「あー……意外とほら、あたしの趣味って知られてなくて」

「なら好都合だ。美穂かそうじゃないか疑われてるみたいだし、この人ごみだし……もし演技苦手じゃないなら」

「ないなら？」

小首を傾《かし》げた美穂の眼《め》を見て、言う。

「俺の腕抱き着いてこい。はぐれないし」

「えっ――!?」

「美穂ならそんなことしない、だろ？　告白されても全員振ってるらしいじゃん」

「なんでそれ知って――まあ皇季さんなら知っててもおかしくないケド……!!」

昨日から懸念《けねん》していた、〝深倉《ふかくら》美穂が男とデートしてる〟と周りに思われるというデメリット。学校の内外に有名人である彼女とこうして出掛けるのだから、元から配慮するつもりでは居たのだ。めちゃくちゃ男嫌いってんならこんな提案もしないが……もしそうなら腕に一回抱き着くどころか、何が何でも同居そのものを拒むだろ。

と、思ったんだが。思ったよりも恥ずかしいらしい。

「周囲には男の影とかもないんだろ？　実は女の方が好きなんて噂《うわさ》も聞いたし」

だから美穂が誰かと付き合ってる噂もない状態で、推定美穂に見えなくもない女子が隣の男に抱き着いたら、それは美穂ではないという式が成り立つのではと思った次第だが。

下心は無いよ？　……嘘《うそ》ちょっとあるけど、俺はそれを透かすほどダサい男ではない。カッコいい男だ。そのはずだ。

「恋愛対象については聞き捨てならないですけど！　年上の男の人が良いですけど！

……え、でも、そのっ」

「俺は全然構わないよ。そもそも高校入学前で誰が俺の噂をするんですかって話だし」

「じゃ、じゃあ……」

えいっ。と随分可愛らしい声を漏らして、俺の背後に回り右腕に絡《から》みつく彼女の両腕。

何故《なぜ》かきゅっと目を瞑《つぶ》ったのがとても可愛らしいですね。

俺としてはただの役得でございます。

「おけ。じゃあさくさく進んでいこう。はぐれる心配もないし」

「……はぃ」

こくりと頷《うなず》くその頬が、俺の腕に少し擦れた。

伝わるはずもない熱が何故かじんわりと伝ってくる。それに、上腕から感じるこの早鐘を打つような心臓の音。……思ったより悪いことしちゃったかな？

だが、実際美穂のこんな髪型なんて初めて見るし、私服のセンスもこんなガーリーな雰囲気なのは初めて知った。

それは俺以外も同じことのはず。

「——がっこ始まったら絶対聞こ」

「——本気ー？　もしあれ美穂だったらよ？　本気で男堕《お》としにかかってるとしか」

「——じゃあそういうことでしょ」

……ん？

「――前、美穂がやたらああいうファッション気にしてたじゃん？」

「――そだっけ」

「――美穂の雰囲気《キャラ》じゃねーなーって思ったから覚えてんケド、良輔《りょうすけ》と話してたよ」

「――え、マジ？　じゃあワンチャンありうる？」

……良輔ってのは多分俺の男バスの後輩のことかな？

ああ、俺もやけに良輔から女の服の好み聞かれたっけ。ん？　あれ？　つまり？

「こ、皇季さん‼」

「ん？」

小声で叫ぶという器用なことをやってのける、俺の胸元の美穂さん。

「い、急ぎましょう！　もう花見とかしてる場合じゃないんで！」

「そうなの？」

「そうなんです！」

「でも逃げたら余計バレんべ」

「もういっそバレたってかまわない‼‼」

「何その覚悟……」

急に歩くペースを上げた美穂に引っ張られて、人の間を縫い道を行く。

このまま石階段を上がっていけば公園を抜け、駅前だ。繁華街は駅の向こう側。そこまで行けば、くっつかずともはぐれるようなことはないだろう。

「あれ聞かされるくらいなら由香たちにバレるくらい痛くもかゆくもないッ……！」

何やら会話の内容が恥ずかしくて逃げたくなったらしいが。

特に後ろに居た子たちが追いかけてくるということもなく、俺と美穂は駅の反対側――つまりは駅前繁華街へとやってきた。

大きなメインストリートには喫茶店や服屋に本屋にゲームセンターと数々の休日の御供《おとも》が顔を揃《そろ》え、一本バス通りへとズレればデパートが幾つも。

デカい家電量販店なんかも複数並び立つ、それなりに都会の繁華街だ。二十三区外の駅にしては、かなり都会の方ではなかろうか。

「落ち着いたか？」

「すみません……迷惑かけてしまって……」

と、ここまで来てようやくほっと一息吐《ひといきつ》けたらしい。

幾ら体力に自信がある子とはいえ、歩きにくい靴では堪《こた》えるものもあるだろう。

「俺の義妹は人気者なんだなーって再認識出来たし、良《い》いんじゃないか？」

「……ふふっ。ありがとうございます」

そう言えば、機嫌を戻してくれたようで。

ほのかに微笑《ほほえ》んで、改めて繁華街に目をやる美穂《みほ》。

「いつ来ても、なんか楽しいですね」

「あー、分かる。今日もみんな生きてるなーって思うわ」

「なんですかそれ」

この世の中って、普通に生きてる人がこれだけ居るんだなって再認識出来るというか。

——小学校の頃、訳が分からなくなって逃げ出して、自分が普段行ったこともないところまで命がけの冒険をする気持ちでこの繁華街に来たことがある。

そん時に思ったんだ。人間多いなって。高校生とか中学生とか、大人に連れられた子供とか。みんな……普通に生きてんなって。

だから気付けた。俺んちおかしいって。

そういう意味では、この繁華街の存在に救われたといっても過言ではないのだ。

「じゃあどこ行きますっ？」

機嫌を直した美穂が、胸元から楽し気な笑みと共に見上げてきた。

相変わらずちょうどいい身長差で、うっかり性的欲求に負けそうになるが。

「そうだな。とりあえず、離すタイミングは任せるわ」

「離す？　……あっ」

俺から抱き着けと言った手前、ね。

離せというのも、もういいぞと言うのもなんか自分勝手な感じがしてダサい。

と、言いたいことに気が付いたのか慌てて身体《からだ》ごと離れる美穂。

「ご、ごめんなさい！」

「やー俺はただ役得だっただけだから」

「さらっとそういうこと言う……」

照れるとこちゃうぞ。軽蔑するとこや。下心だろ今の俺の発言。

「買い物の目的があるわけでもないし、そろそろ店も混みそうだし、どこか入ろう」

この可愛《かわい》い身なりの少女をバーガーショップに連れ込むのも憚《はばか》られる。ちょっと学生にはお高いが、探偵に教えて貰《もら》った喫茶店にでもするとしよう。

こういうとこ、中学生一人じゃ見つけようがないんだよな。良い店か探るために毎回七百円以上払うとか、とてもじゃないけど出来ないし。

珈琲《コーヒー》一杯千円の店連れてかれた時は目玉飛び出るかと思ったわ。

「……わあ」

こぢんまりとしたその店は、繁華街から外れたデパートの裏側にひっそりと存在した。

と言っても穴場スポットとしては人気なのか、結構客は入っているんだが……みんなオジサマオバサマって感じの年代だ。俺と美穂の話が盗み聞きされるようなことも無い。

壁には本棚。古ぼけた、手帳のようなサイズの本がびっしり。

カウンター越しに爺《じい》さんが会釈《えしゃく》してくれて、サーブはその娘さんっぽいおばさんが一人だけ。弁護士や探偵が「平日の午前中に来るのが、誰も居なくて素晴らしい」とか言っていて、学生にそんなこと出来るわけないだろがと突っ込んだのはよく覚えている。

「こんなところあるんですね」

「穴場スポット、なんて物語の中で出てくる場所ほど人気が無いわけじゃないけどな。世の中にあれだけの人間が居て、一つの店に誰も気づかないなんてことあるわけがない」

人間の集合知なめんなって話だ。インターネットは偉大って話にも繋《つな》がるが、一人の人間が考えることが集合知に勝るわけがない。

「注文どうします?」

「初めてなんで、メニューお願いできれば」

「かしこまりました」

とりあえず奥まったところに二人掛けの席が空いていたので、そこへ。荷物置きに、美穂がそっとポシェットをしまい込んだ。

女の子はどこに行くにも手ぶらとはいかなくて大変ね。

「──初めてって感じの入り方じゃなかったですけど？」

「俺はそうだが。急に俺だけ頼んだら美穂どーするんだよ」

「ふふっ」

楽し気に美穂は微笑む。

店員さんに差し出されたメニューを手に、俺の方を見上げて。

「そういうとこですよ、皇季さんがモテるの」

「俺、モテたことあんま無いけど」

俺がモテたというより、当時の男バスがきゃーきゃー言われてたの間違いだ。

「常連ですよってカッコつけたいのか、いつものとか言っちゃう子ばっかりですよ？」

「へえ。美穂はよくデート行くのか？」

「ちーがーいーまーすー！　女の子の愚痴をよく聞くだけですー！」

喫茶店来て「いつもの」とかやっちゃう中学生か。店主にウザがられてないだろうか。カッコつけるのとカッコいいのは違う。周りからの見え方ってのを理解出来ているかは大事だ。店主と自分がどういう関係なのか、そこに気が回ってないとただのイキりである。

「でも皇季さんならハマりそうですけどね」

「どーだか。『マスター、いつもの』って注文してカフェオレ出てきたら俺はカッコいいとは思えねえが」

「ふふっ……皇季さんカフェオレ頼むんだ……！」

笑いをかみ殺すような美穂の声。

なんだよ悪いか。いいじゃねえかカフェオレ。

無理してブラックコーヒー飲む方がダサいしー。

「意外というか、ギャップで可愛い、みたいな感じですねっ」

「それ今のお前が言うんだ？」

「え？　……ぁ」

普段とのギャップで可愛い見た目してんのはお前の方じゃい。

と、その時だった。注文を取りにきたのは、店員さんではなく爺さん――店主の方で。

「よう皇季……デートか？」

「違いますよ。妹です」

「妹ォ？」

禿頭《とくとう》に白い髭《ひげ》。イカつい海賊みたいな面したこのマスターは、ふと優しい瞳になると。

「……そぉか。この子が、ガキん頃必死こいて助けた……」

「あ、違います。別の妹です」

「別の妹だァ……？」

少し悩んで、それから髭を撫《な》でた。

「何でもいいか。注文は？」

「カフェオレ一つ。美穂は？」

「……えと。じゃあ温かいカフェラテで」

「はいよォ……」

すたすたと戻っていくマスターを見送って、一息。

珍しく絡《から》みに来るもんだからびっくりしたが、少し納得だ。

雪姫をここに連れてきたことは無かったし、勘違いされても仕方がない。

俺がここに初めて来たの、それこそ小学生の時だしな。

「……皇季さん」

「ん？」

正面を見れば、何か言いたげにまごついた様子の美穂。

……ひょっとしたら今のマスターとのやり取りに思うところがあったのかもしれない。

聞きたいというなら、別に話すことに忌憚《きたん》は無いが。

「……いえ、なんでもないです」

「そーか」

配慮してくれるなら甘えておこう。美穂にとっても気分の上がる話にはならないし。

「とりあえず今日は付き合って貰ってありがとな」

「いえそんな。あたしも、誘って貰えて嬉《うれ》しいですし」

「そう言って貰えると助かる」

「あはは」

ん？

「お互い貰ってばっかりですね」

「確かに」

ふ、と二人して笑みがこぼれた。

「長期休みは部活漬けだと思ってたけど」

「あー……ほらこの時期アレがあるじゃないですか。あたしと美穂はそれでちょっとチーム離れてたんで、今は軽い調整です。昨日全休だったのも関係してて」

「そうか。もうそんな時期か。……観《み》に行けばよかったな」

ジュニアオールスター。各都道府県で選抜された中学一、二年の選手がそれぞれの地元を代表してトーナメントを行う、年度末のお祭り行事である。

思えば美穂は去年も選ばれていた。未桜が選出されるのはほぼ当然の話と思えば、姉妹揃《そろ》ってのオールスターを見られる最初で最後の機会だったか。

「優勝できたんか？」

「未桜のおかげで、って感じです。あたしはあのクラスに行くとモブも良《い》いとこなんで」

あはは、と自分を卑下するように笑う美穂だが、その瞳には昔ほどの悲愴《ひそう》感はない。

自分は自分、未桜は未桜。

ある種の踏ん切りがついたのだとしたら、俺としても嬉しい。

都の代表に選ばれることがどれほど凄《すご》いことか、俺だって分かっている。美穂はその一人であることを本来誇っていいのだ。妹が凄すぎるせいで抱えた懊悩《おうのう》は、しかし今は飲み下して笑い話に出来ている。キャプテンとしても、上手《うま》くやっているようだし。

成長したなと、素直に思った。

「あっ」

と、唐突に何かを思い出したように美穂から漏れた声。

どうしたのかと顔を上げるより先に、さらりとサーブされるアイスカフェオレと温かいカフェラテ。マスターではなく、いつもの店員さんが笑顔を一つ贈ってから立ち去っていった。甘い香りが、俺と美穂《みほ》の間をふわりと漂う。

「まあ、まずはひと口飲んでからで良いんじゃないか？」

「あ、は、はい。そうですね」

「そんな緊張することなの？」

何を想《おも》い出したのか微妙に気になるな。彼女は「おいし」と熱いままのカップに口を付けて眦《まなじり》を下げてから、改めて一呼吸入れると言った。

「……皇季さんのユニフォーム、貰えませんか？」

「は？　え、なんのために？」

「それは……今年使うため……です、けど」

「美穂が、試合で？」

「はい……ダメ、ですか？」

上目遣いのおねだりは、弁護士がガールズバーで貢《みつ》いでいる時の絵面を想い出す所作。なるほど。自分がされて初めて分かるが、これはうっかり頷《うなず》いてしまいそうになる。

確かに俺の母校——美穂が現在も通っている中学のバスケ部は、男女ともにユニフォームのデザインはほぼ同じだ。サイズも少し大きい程度で済むかもしれない。

ただ……そもそも男子と女子の違いはデザインではなく。

「……一応、うちのメンズは他の男子チームのユニフォームに比べればそんなに脇は開《あ》いてないけど。それでも女の子用よりは見えるわけで」

一つは袖口や首回り。男子用はタンクトップのように脇が広く開いている。そこを隠す理由がないからだ。ただ女の子はそれこそシュートモーションに入った時に脇が開いているると……その、下着とか色々見えちゃうわけで。

「そ、それは……その、女子も開いてるのありますし！　そういうのはインナー着れば良いですし！」

「あと、ブラ留《と》めないよ」

「ぶっ……!?」

もう一つが、ユニフォームの裏側にブラジャー留める紐《ひも》が付いているかどうかだ。

そんなもん、男子のものにあるはずがない。

赤面する美穂だが、そんなに想定外のことだっただろうか。

「ぬ、縫い付ければいいだけですので‼」

わたわたするのは可愛《かわい》らしいし、見てて楽しいが……あれ、これセクハラか？

顔を見せたくないとばかりにテーブルに突っ伏した彼女。後頭部がよく見える分、編み込んだお下げがはっきり見えてこれまた可愛い。言うとる場合か。

「……皇季さん」

恨みがましいくぐもった声。顔を隠す両腕から、ひょっこり目だけが覗《のぞ》いて。

「詳しいですね？　女バスのユニフォームに」

「え」

おっと油断したァ。まあ、何とでも言えるか。

「そりゃアレだ。うちのユニフォームって男女デザイン一緒なのに、わざわざ男女別に発注してっからな。サイズの問題なのかなーってちょっと調べただけだよ」

「……」

「世の中ってのは疑問に思ったことを調べている人間が勝つもんなんだ。文明の利器が誰もの手元にある現代ならなおさらな」

「……あやしい」

「あやしくない。逆に何を怪しまれているのかも分からんな」

「……女バスに特別仲良しでも居たのかなって思う」

唇を尖《とが》らせてそんなことを言う美穂。ここで「ぎくっ」とか言っちゃうのは三流である。いや実際に言うヤツ見たことないけど。……ともあれ、確かに女バスの同級生から聞いたのは確かだが、女バスに特別仲良しって言われると。

「一番関係深かったヤツは目の前に居るな」

「…………ばか」

からかわれていると思ったのか、目を背ける美穂。でも、うん、なんだろ。

このやり取りで気付いたことがあるとすれば。昔は俺に対して結構辛辣だったからこそってのもあるが、美穂に罵倒されると落ち着く自分が居る。

「そういや昨日も言おうと思ったんだけど。俺に敬語要らんからな。兄妹《きょうだい》なんだし」

このくらいの距離感で居てくれると俺もやりやすい。そう思っての提案は。

「……いえ。たまにうっかり外れるかもですけど」

口元を袖に埋めたまま。そっぽを向いたまま。彼女は俺の提案を否定する。

「基本はこのままで良いです。今はまだ」

「そう？　じゃあ俺はいつでも歓迎ってことだけ覚えておいてくれ」

「……まあ、はい」

舌で頬の裏を突くような、不満げな顔。からかいすぎたかな？

「ユニフォームの件は、全然良いよ。どうせ持ってても使わないし」

俺の背番号は13番。最近、中学バスケも背番号が自由化されたので、せっかくだからと俺も好きな数字を選んだのだ。ＮＢＡの、俺が一番好きな選手にあやかっている。

かつてMVPも取ったラン&ガンの申し子だ。俺のポジションも彼と同じ司令塔《ポイントガード》だし。

「あ、ありがとうございます‼」

ぱ、と喜色満面。さっきまでとは打って変わっての笑顔は、うん。ユニフォーム如《ごと》きで
これが見られるなら幾らでも貢ぎたい気持ちになるな。……なるほど、悪かったよ弁護士。

女に貢ぐとか馬鹿くせえ、みたいなこと散々言って。

「でもなんでまた。ポジションも違うし、お金が無いわけでもないだろうし、好きな選手
はキングじゃなかった？」

NBAのキングとも称される、史上最強のフォワード。ポジションが同じであることも
あり、美穂は彼のプレイスタイルに憧れていると言っていたはずだった。自由な背番号を
付けていいなら、それこそ憧れの相手のナンバーを付けたがるのが普通と思うが。

「……まあ、理由は色々あります」

居住まいを正して、一つ小さな咳払《せきばら》い。先ほどまでとは違う、真剣な表情。

「あたしと未桜のポジション……フォワードの役割ってなんだと思います？」

「得点能力《スコアリング》とインサイドのパワー勝負……ああ、なるほどな」

彼女の世代のチームメイトを考えた時に、彼女の言わんとしていることは察した。

未桜という希代の天才スコアラーが居る状況で、パワーでもスコアリングでも劣る美穂

をフォワードに置いておく意味が無いという話だ。だったら、得点できなくてもパワーのある子を未桜のフォロー役に置いて——美穂はポジションを転向する、と。

「オールスターMVPさんにボール渡せば、必ず点が入る。うちは最早《もはや》そういうチームなんです。考えるべきは、相手が複数やパワーで未桜を潰しに来た時にどうするか。今ガードやってる子には申し訳ないけど、あたしは器用貧乏なりに司令塔も出来るので……」

美穂をセカンドオプション——未桜が得点出来ない時のサブスコアラーにするより、インサイドを厚くして未桜が万全に暴れられるようにした方が強い。彼女のチームの方針は完全に未桜という絶対的エースをサポートすることに特化しつつあるらしい。

つーかオールスターMVPっつったか今。一年生で？

とはいえ、一つ目の理由は理解出来た。究極言えば、ポジションと背番号なんて無関係な球技ではあるけれど、わざわざ俺から譲るんだからそういう理由があるのは納得。

「もう一つは、春に一年生のセレクションがあるんですよ。三年生が現役の間に一年生がユニフォーム貰《もら》うなんて年に二人も居れば多い方ですし、キャプテンのあたしが番号を譲ることなんてあんまりないとは思うんですけど……あたしの番号が欲しいって思ってる人が居るなら、譲ってあげたいなって」

「なるほど。一年の加入に合わせて、またベンチ入りメンバーごと変わるかもだ」

「はい、そういうことです。……そして一番大きい理由が次」

どうやら三つ目の理由があるらしい。そしてそれが、彼女にとって最も大きい、と。

なんだろうか。のんびり言葉を待てば、彼女は少し温《ぬる》くなったカップにそっと手を添えて、揺蕩《たゆた》うクリーム色の水面《みなも》に目を落としながら告げる。

「貴方《あなた》の想いを、あたしが背負いたい」

思わず、息を呑《の》んだ。——そこまで、俺のことを重く捉えているとは考えていなくて。

俺は去年、大会直前の怪我《けが》がもとで、最初で最後の全国出場を断念した。

一応スタメンだったし、チームに迷惑をかけた。その想いを美穂が背負ってくれるというのなら、嬉《うれ》しい気持ちはある。

「あ、はは！　なーんてちょっと、驕《おご》りが過ぎますかね？」

誤魔化すような笑み。お下げを弄《いじ》る彼女の瞳には、怯《おび》えの色。

……決して、俺の怪我の根本の原因が美穂にある、なんてことはない。

ちょうど美穂との関係が修復されかかっていた時期の話だから、素直に俺の無念を汲《く》んでくれようとしているのかもしれない。

ただ……いや、これは自意識過剰か。

「嬉しいよ」

「え……？」

「今となっちゃ、出られなかったのは、しょーがないかーって割り切れてるけど。それでも、美穂の気持ちはすげえ嬉しく思う。……ただまあ、あれだぜ美穂」

おどけて、告げた。

「もう痛みも何もないから、そんな気遣わなくていいからな？」

そう言うと、美穂は少し目を丸くして。俯《うつむ》いて。それから、へらっとした笑みを浮かべて頷いた。

「あー……どうだ、それで。一緒に暮らしていけそうか？」

少し冷めてしまったカフェオレに砂糖を投入してぐるぐる回す。

手持無沙汰になると身体《からだ》に出る、ってのは俺の癖らしい。気を付けてもこれだよ。

「え？　あ、はい！　おうちも良《い》い感じですし……新鮮で！」

「そか。そりゃよかった。男と一緒なんて無理！　とか思われてたらどうしようかと」

「あの……その手のあたしの男嫌い疑惑って、いつになったら払拭《ふっしょく》されるんですか……」

「俺に聞くなよ。俺がお前と知り合った時には既にあったぞ。っつか当時の俺とのやり取りも原因の一つでは？」

「あ」

告白云十人斬り《うんじゅうにんぎ》（誰にでも親しくて友好的なワンチャンありそうな子が、全員フッてるという話）もそうだが、俺と話してた時の露骨な嫌悪《けんお》感もだいぶ大きいんじゃないかと。

心当たりばっちし、と言った風に苦い顔をする美穂《みほ》さんであった。

「死にたい……」

「ま、彼氏の一人でも作ればどうにでもなる。いっそ、今日会った子たちに言えば？」

「え⁉　……か、彼氏できましたって、ですか……？」

「女の子好きの噂《うわさ》も消えて、変に告白されまくることもなくなるんだし。思い付きで言ったけど、割と名案じゃね、これ。ピンチをチャンスに変えられる……どうした？」

俺が調子に乗ってあれこれアイディアを賢《さか》しらにべらべら喋《しゃべ》っていたら、気づけば美穂は俯いてもごもごしていた。えと、とか、あの、とか。何か言いたげである。

「……その場合って、一個いいですか？」

「ん？　なんか穴あった？」

「穴というか……まあ、その。今のままだと、穴になっちゃう……かも？」

「マジか悪い。俺ダセえな。超名案だと思って偉そうにしゃべくってたわ」

「いえ！　名案だと思いはします‼」

がたん！　……まあまあ、座りなさいな。みんな見てるし。

「す、すみません。でも、その穴というのがですね？　埋める必要があるといいますか」

「まあ確かに。埋められるなら名案ってことだもんな。聞かせてくれ」

「その穴、埋められるとしたら皇季さんだけかなーって、美穂は思ったりするんですヨ」

美穂の口から、穴を埋められるのが俺だけって台詞《せりふ》出るのちょっとヤラし……なんでもない。やめよう。そういう目で妹を見たら一瞬で家庭崩壊である。

「俺に出来ることがあるなら――あ、彼氏役続行とか？　あっはっは、先月まで同じ中学だったヤツがそんなことしたらすぐ身元特定されるってーの‼」

そう笑ってみれば、美穂は少し恥ずかしそうに頬を紅潮させながらも、真《ま》っ直《す》ぐな視線はもの言いたげに俺を穿《うが》ったまま。……いや本気で言ってます？　よりによって俺？

「……え、マジ？　いやいやいやいやいや。俺もそれなりに顔知られてんだろーし、俺と美穂の喧嘩《けんか》っぷり見てたらみんな嘘《うそ》だって分かるんじゃねーの？」

「喧嘩というより、あたしが一方的に噛《か》みついてただけですケド……それにその、喧嘩は理由としては弱いというか、むしろ説得力があったりするんですヨ……？」

え、そうなの？　あんだけ仲悪かったのに？　バリバリ下の学年にも見られてたし、女バス次期キャプテンと男バスの三年の不仲は、かなり有名な話だったと思うけど。

そう思って彼女を見れば、わたわたと手を振りながらしどろもどろに口にした。

「た、たとえば！　これはたとえばの話ですが！　ほ、ほら、少女漫画とかでもよくある展開と言いますか！　喧嘩してたからこそ、す……好きに反転した時に強烈というか！　嫌いだと思ってた人にこそうっかり恋……しちゃ……う……ト、カ……」

「あー……聞いたことあるわ。ストーリー性ってヤツだな」

なるほどなるほど。言われてみれば確かに。

弁護士も言ってたわ。説得力あるストーリーは時折真実を捻《ね》じ曲《ま》げるって。

それに少女漫画とかでもよくある展開なら、話の筋は通ってる。

「……うぁ恥っずなんだこれ……ただの告白ぢゃん……何が例えばだよ……」

「でも良いのか？　どこの誰か分からない彼氏だから有効なんじゃない？　お前もかなり有名なんだし、俺が彼氏ですってことになったらそれはそれで迷惑じゃ……美穂？」

「ゑ？　あ、はい！　刺身ですね！」

「何が？」

「……ああああああああああ‼」

なんか挙動不審に真っ赤な顔でくねり始めた。……刺身？　お前が赤身ってこと？

ってか、今思ったんだけど。

「ごめん美穂、どのみち無理だこの作戦」

「どんなムードでコクってんだあたし……もっとこうあるじゃん……しかもあたし如きが少女漫画の主人公ですかっての……未桜のおまけが良いとこっしょ……ぅああ……」

「美穂？」

「ゑ？　あ、はい！　刺身ですね！」

「もうやったわそのくだり。じゃなくて、苗字《みょうじ》変わるんだからどのみち兄妹《きょうだい》バレするわ」

「……あ」

親父《おやじ》が昨晩、夕飯時に言っていた。これからは一戸瀬家である、と。

その時は軽く流していたが、つまり美穂と未桜の苗字も変わるという話で。

「そういや苗字は一戸瀬で良かったのか？　変わることに抵抗とか」

そう思ってふと問えば、彼女の頬から徐々に朱の色は引いていく。穏やかというよりは、どこか冷めた風にも感じられる表情から、こともなげに零《こぼ》れる言葉。

「……いえ、特には。深倉って名前に良い想《おも》い出《で》があんまりないですし」

「……ほう？」

「実は深倉って、元父の苗字なんですよ。離婚した時にちょうど試合とか色々あって、苗字を母の旧姓に変えるタイミングが無くて、そのままって感じです」

ふむ。それは初めて聞いたな。俺が見落としていただけで、深倉実佳《みか》を探って貰ってた探偵はとっくに知ってた情報かもしれないが。

「ちなみに美穂の旧姓って聞いても良いか？」

「あたしに旧姓なんてありませんよ！　あるのはお母さんです！」

「まあそうか。嫁入りしたわけでもあるまいし」

「そうです……よっ…………あれ？　あ、あの、皇季さん」

ん？

「……この場合ってあたし、ひょっとして深倉は旧姓になるんですかね……？」

「言われてみると……なんかそこはかとない気恥ずかしさがあるなこれ」

「ですね。さ、さっきあんな話してしまったこともありますし！」

「あんなって……あー」

偽装彼氏からの入籍っぽい話題。うん、なんだこれ。ちょい恥ずいな。

幸い美穂も同じ感情を抱いたようで、両手をテーブルの下に引っ込めて脚の間に挟みこんで縮こまっていた。

……さて、こうして色々話していると、実佳さんのことは素直に慕っていそうだな。

流れ的にもちょうどいいし、予定通り探らせて貰おう。

「しかし姓を変える手続きって、子どもも同伴しなきゃならないんだな」

「あ、試合のせいって言うのはあたしが手続き行けないとかじゃないですよ？　選手名登録の問題で」

「そっか。じゃあちょうどいい機会だったんだな」

「はい。まあ、お母さんが手続き行けないのはほんとだったみたいですけど」

「忙しそうだもんな。なんの仕事してるのか知らんけど」

ちらっと美穂を見ると、俺の問いにはあっさり頷《うなず》いた。

「はい。ほんとなにやってんだろ」

「へえ。美穂も聞いたことないのか」

「公務員だってことは聞いてるんですけど……それだけなんですよね。公務員ってめちゃくちゃ種類あるじゃないですか……」

「確かになー」

公務員。それが本当かどうかすら、分からないが。

いずれにせよ、実の子にも仕事を明かしていないというのは気になるところだ。

「ね、皇季さん」

ん？　と顔を上げると、困ったように微笑《ほほえ》んだ美穂が言う。

「あたしは、一戸瀬美穂になります。これから、宜《よろ》しくお願いしますね」

「……ああ。宜しく」

改めての言葉に、俺も頷いた。

「……それはそれとして、今のマジで入籍みたいな言い方だったな」

「！？！？？！？？！？！？！？」

やっぱ妹って、義だろうが実だろうがからかってなんぼだな。

† † †

「――へえ。それは楽しい一日だったね」

「ああ」

穏やかに微笑む親父の声色に混じる安堵《あんど》。

今日は親父が夕飯の時間に間に合うってことだったので、実佳さんこそ居ないが大多数の家族が揃《そろ》っての喜ばしい夕食となった。

とはいえ親父はなんだか新たな義娘二人にどう対応していいのか分からず大変そうだったので、とりあえず助け舟として今日の話をしてみた次第。

まあそうだよな。義妹が二人増えた俺もそうだけど、急に娘が増える親父も親父で大変だよな。俺と違って自業自得《じごうじとく》は自業自得、ってもだ。

大人の恋愛ってのは難しいもんだなぁ、と他人事《ひとごと》のように思ってみる俺である。

いずれにせよ、親父と美穂がまともに会話できるなら、それが一番だ。

「いや、でも、うん。うまくやれているようで良かった良かった」

「あー、あはは。あたしは皇季さんにお世話になりっぱなしで……。その、今日もなんといいますか、エスコートされるがままといいますか……」

照れくさそうに頬を掻《か》く美穂の気持ちは分からんでもないが、俺にも年上っつーか、新たなる兄としての立場とか矜持《きょうじ》ってもんがあるからな。

そりゃもう、妹の手を煩わせるわけにはいきませんとも。

「――エスコートとか、デートみたいに言うのね」

「ちょいちょい、雪姫さんや」

仲良くしよう、仲良く。良い子だよ美穂は。

「だって……」

俯《うつむ》き気味にぽしょぽしょとフォークをすすめる雪姫。サラダのコーンを一つずつ刺しては口に持ってってんだけど、それいつになったら食べ終わるんだろうか？

「……どうしてそんなことできるわけ？」

その雪姫の呟《つぶや》きは、俺に向けられたものではなかった。

正面に座る者同士で向き合った雪姫と――美穂《みほ》。

同級生で決して仲が悪い相手ではなかったはずだが、なんだか妙な台詞だな。

目を細める俺をよそに、美穂は美穂で素知らぬ顔。

「お誘いを受けられたからだけど、なんか不味《まず》かった？　雪姫さんも、笑顔で送り出してくれたもんだと思ってたなー」

「捏造《ねつぞう》がすごいの‼　やだったよ！　めっちゃやだったよ！」

「そーだ、皇季さんこれ、あたしが作ったんです。朝お世話になっちゃったし」

「無視⁉　っていうか待って、わたしも、わたしも作ったの！」

姦《かしま》しいなあ。

美穂が作ってくれたのは、こってこての鰤《ぶり》大根だった。じっくり大根に火を通していて柔らかく、優しい出汁《だし》の味が染みている。一歩間違えば辛く硬くなりやすい大根と、生臭くなりやすい鰤の下処理がしっかりできていてこそ。

一方で雪姫はといえば……ソーセージである。焼いたやつ。ケチャップとマスタードが添えてある。ちゃんと処理してなかったせいで、皮が弾《はじ》けている。ところどころ焦げているから、中が生焼けという心配はなさそうだが。

「ありがとう。どっちも美味《うま》いわ」

これだけ言うと、どうやったら美穂の料理に雪姫が勝てるんだ、という感じだが……単純に、俺がソーセージ好きなのだ。

要は、本当に料理出来る子が全力で得意料理を作ってくれたのと、料理出来ない妹がそれでも俺の好きなもの作ってくれたってのは、比べようがないだろって話で。

意外とご飯に合うのもいいよね、ソーセージ。

「なるほど、それでソーセージと鰤大根なんていう食卓になったのか……」

親父が遠い目をしていた。そしてちらりと睨《にら》み合《あ》う雪姫と美穂を見据えて、一度目を閉じると、意を決したように呟いた。

「雪姫……美穂」

お、ちゃんと名前で呼んだ。この辺り、ほんと尊敬するわ。

口で言うのは簡単だけど、両方〝同じ〟家族だって思うのって相当大変なはずだ。

親父が内心でどこまでそう思えてるのかは分からないけど、その姿勢はこの場に居る面々全員に伝わるはずで。

……逆に言えば、実佳さんがどこまで雪姫や親父のことを家族だと思ってくれるかどうかってのが、俺の中で一番の調査目標だったりするんだが。

「えと……うん、お父、さん？」

親父の言葉を受けてはにかむ美穂の歩み寄りにもほっとした。

雪姫はぽけっとしてる。うん、お前はそのまますくすく育ってくれ。

と、俺が呑気《のんき》なことを考えていると。

「仲良く頼むね……僕も実佳も、中々家には居られないからさ」

「？　えと、ごめんなさい。何か、不安なことあった……かな？」

美穂が小首を傾《かし》げると、親父は少し躊躇《ためら》ってから言った。

「いや普通にキッチンに二人立ってて隣で鰤大根作ってたらソーセージ焼かなくない？」

それはそうだわ。ぐうの音も出ねえ。意見交換出来てないもんな……。

だがその親父の一言が、また導火線に火をつけた！

「そ、れは……そうだよね。見てたら分かるよね雪姫さん」

「ごめん分かんなーい。全然料理とかしないし」

正面で向き合った二人の笑顔に、その奥で逃げ場のない未桜が「ひぅ」と声を漏らした。

なんてかわいそうな場所なんだ。俺の膝の上来る？

「へえ、普段しないのにあたしがキッチン立ったら来るんだ？　なんでなんで？」

「なにされるか分かんないからかしらー？　変なものは入れなかったみたいだけど」

「それどういう意味ですかね？　あたしそんなに信用なかった？　ああでも今回これちゃんと作れたんで、もう大丈夫です、はい」

「料理出来るかどうかじゃないのよ、お兄ちゃんとデートしてはしゃいでそのまま厨房《ちゅうぼう》立ったりするからほら、入れるんじゃないかなって。……毛とか」

「入れませんが⁉⁉　想像の十倍くらいとんでもない邪推されてたんですけど！」

ぎゃーぎゃー叫ぶ論争の中、どっちになんて言ったらいいのか分からずおろおろしている未桜と目を合わせる。ちょいちょいと手招きすると、すがるような目でこっちを見て、おそるおそる立ち上がった。そしてそのまま、よっと。

「！？！？？！？！？」

一瞬悲鳴みたいなものが聞こえた気がしたけど、動かないかららいいか。

未桜を膝の上にのっけた間も、二人の喧嘩《けんか》は止まることはない。凄《すげ》え集中力だぜ！

「どーかなー、さっき聞いたけど、今日のデート服みたいなの、……美穂さんあんまり好きじゃなかったんでしょ？　それをわざわざ買ってきて出かけるようなさー」

「そ、そそそそれは違うから！　好きだから！　誰がそんなこと――」

「え、未桜だけど」

「ちょっと未桜――あれ、居ない⁉」

ぱっと美穂が未桜の居た席の方を振り向く。そりゃ居ないわな。

「な……なに、お姉ちゃん……！」

「あ、いた未桜——未桜なにしてんの⁉　皇季さんも⁉」

身体《からだ》が大きいから俺も抱きかかえると前が見えねえんだけど。

でもあんなバトルフィールドに一人でおいておくのもかわいそうだろ。

「お、おお、お兄ちゃん‼　なんで⁉　なんでそんなことしてるの⁉」

「いや、おいでって言ったら来た。ふたりとも仲良くな」

こっちこっちってやったらはてなマーク浮かべながらやってきて、後ろ向いてって言ったらそのまま背中向けたから、そのままぽすんと俺の膝の上座らせた。

なんて可愛《かわい》い子なんだ。

「未桜顔真っ赤じゃん‼　やめなよ‼」

「そう？　じゃあごめん、無理させたな」

「う、え……？」

無理にとは言わないし。なんかほっとけなかっただけだし。この妹力の塊を。

と、そこで少し腰を浮かせる感覚がする。そうか、降りるのか。

「年頃の女の子にそういうのよくないと思います、皇季さん！」

「そうか？　そう言われたらその通りかもしれないけど。ただ俺は、お兄ちゃんとして妹を戦いの真っただ中においておきたくなかっただけで」

ん……あれ？　未桜が動かなくなった。

「に、兄さん……」

「おうどうした」

「兄さんは、私を……兄さんとして？」

「ああ。妹を守るのが兄の仕事です」

「そう……ですか……えへへ」

……どうやら受け入れてくれたみたいだ。そこはかとなく先ほどまでより体重がかかる。安心して身体を預けてくれたようで、妙な達成感があるな。

「ちょ、ちょっと美穂さん、未桜が動く気無くしてんだけど！」

「っ……もとからあの子、お兄ちゃん出来たら守られたい的な願望ある子だったから……!!　そりゃ皇季さんじゃあドストライクだけども……！」

へー。同居当初から確かに、兄呼びしたいなんて可愛いこと言ってくれたけど。

確かに未桜の実績と体格考えりゃ、誰かに守られるより守ることのが多いか。内なるお姫様願望ならぬ、妹様願望？　へっ、そんなん俺が叶《かな》えてやるしかねえじゃねえか……！

「未桜は可愛いなあ。今日一緒に寝る？」

「ぴっ⁉」

あ、流石《さすが》にこれは早かったか。

リラックスしてた身体がガチガチに固まった。

「ど」

と、そこで雪姫の震える叫び声。

「泥棒猫――‼‼」

「そんな台詞《せりふ》日常で聞くことある？」

おめめぐるぐるにして未桜を指さす雪姫である。

しかもそれ彼氏の浮気《うわき》とかに言うやつじゃん。

「妹の立場が揺らいでるってことかな」

「そうは言うけども。あの状況で未桜ほっとけないし……」

雪姫は雪姫で、あとでフォローしてあげないととは思うけど。

まさか泥棒猫言うとは。

「や、思ったより気の置けない感じがしててほっとしたんだよ」

「言うとる場合か。親父《おやじ》のせいだぞ。仲良くしてほしいっつって引き裂いてからに」

「あ、これやっぱり僕が悪いのかな……七割くらい皇季じゃないかな……」

それは多分そう。否定材料がねえわ。

「俺が七割だとしても、引き金ひいたのは親父。俺は鉛玉に過ぎん」

「鉛玉にされた奴《やつ》がそんな堂々としてる状況初めて見たよ」

俺は実妹が義妹に泥棒猫言うてるとこも初めて見たけども。

いずれにせよ、未桜のおかげでバカ話になっただけで……雪姫と美穂が俺の知らんとこで険悪になってる原因は調べねえとなぁ。

同居の問題、山積みじゃねえか。

「ぁ、ぁの、兄さん」

「もうちょっとこうしてていい？　俺がこうしていたいんだ」

「ぁぅぅ……」

今、俺の安らぎが未桜だけなんだ。

†　†　†

さて、夕飯を終えるとなんとなくやってきてしまう洗面所。

やっぱりなんか口の中が気になるんだろうね。部活の合宿でその話をした時は、存外俺以外は気にならないみたいだったが。

洗面所は、脱衣所を兼ねていてそこそこの広さがある。

中古物件にしては綺麗《きれい》だと思うし、文句はない。鏡も大きくて、俺が三人並んでも全員映るだろうサイズ感。少し気になることがあるとすれば……。

「慣れなきゃダメだよなー、こればっかりは」

女性用の化粧品が並ぶ戸棚と、引き出しに入っているドライヤーをはじめとしたなんか色んな機械。多分これがヘアアイロンってのは分かるが、それ以外は知らん。

未桜は綺麗なストレートの髪なのに対して、美穂《みほ》は少し癖があるから……やっぱ色々あるんだろうか。もしくは、俺が知らないだけで美穂がパーマかけてんのか、未桜がストパーかけてんのか。

「なんてこと聞くのも、気持ち悪いと思われたりすんのかなー」

どこまでがセクハラなのか、どこまでが聞いて良い範疇《はんちゅう》なのか、難しいものである。

ぼんやり思考を巡らせながら、当初の目的の歯磨きを行う。

歯磨き粉もなんか、旧深倉家とは違うもん使ってたらしい。

真新しい見たことない歯磨き粉の隣に、うちのくたびれたチューブがある。

新居に来たくせに貧乏性の俺は、引っ越す前まで使ってたものを使い切る所存。

「――あ、皇季さん。家でもやっぱりそうなんですね」

「あん？」

くす、と小さく微笑《ほほえ》んで隣にやってきたのは美穂である。

今日はおはようからおやすみまで縁があるというか……これが普通になるんだな。

「ほら、合宿の時に言ってたじゃないですか。ごはん食べると洗面所行きたくなるって」

「おー、よく覚えてんなー」

てへへ、と微笑んで隣に立つ美穂。どうやら同じように歯磨きに来たようで、そっとチューブに手をかけた。新しいヤツである。

「それ、深倉の家で使ってたやつ？」

「あ、はい。そうですよー。……ていうかあたし、これしか知らなかったからなんか新鮮ですね……」

美穂がうちのくたびれたチューブを昆虫観察みたいな目で見ているのを、俺は鏡越しに眺めていた。しゃこしゃこしながら。

と、視線に気づいたのか顔を上げて、それから小さく笑って手を振る美穂。

なんとなく空いてる方の手で振り返すと、お互いしばらく振っていた。

「ふふっ。なんですかね、これ」

「さあ……」

鏡の前に美穂と二人ってのが、あまりに珍しいだけの気がするが。

「なんかちょっと、その。実感しちゃいますね」

照れくさそうに頬を掻《か》く美穂。

「ってーと？」

「分かってるくせに。皇季さんと、その。兄妹《きょうだい》に――」

そう言った瞬間だった。

「妹も歯磨きしに来たの」

ひょこっと顔を出した、妹代表もとい実妹事業主もとい実妹党党首雪姫氏。

「珍しいこともあるもんだな」

少し驚き……もしないか。黙秘権を行使されたとはいえ、今までの雪姫との差異を考え始めたらきりがない。とはいえ、俺の居る洗面所にやってくるのは数年ぶりである。

「あの、ちょ」

「チューブ取りにくいの」

「いやだからって割って入りますか――力強っ⁉」

ぐぐいのぐいっと、俺と美穂の間に割って入る雪姫さん。

「美穂さん重いから全体重で勝負しなきゃ吹き飛ばされるの」

「なにバスケみたいなこと言ってんですかね、この人。ていうか重くないんですけど！

さらっとネガキャンやめて貰《もら》っていいかなあ！」

美穂と俺の間に入った雪姫は、なんだか達成感溢《あふ》れる表情で歯ブラシとチューブを手にした。俺と目が合った美穂が、もう一度顔を赤くして必死な主張。

「重くないんですけどぉ！」

「分かった分かった。スポーツマンならあんまり気にする必要ないと思うが」

「女の子とスポーツマンは両立できるはずなので……なので……！」

「文武みたいに言うんじゃないよ。俺は重くてもスポーツ出来る子の方が良《い》いと思うよ」

お姫様抱っこするわけでもあるまいし……ん？

美穂と俺の間でピシっと固まった雪姫さん。ぎぎぎ、と蝶番《ちょうつがい》が錆《さ》びた扉みたいに振り返った彼女のおめめはだいぶぐるぐるであった。

「……お、兄ちゃんは……や、やっぱり美穂さんみたいな泥棒猫が良いの？」

「その呼び方やめて貰っていいですかね!?」

さっきも思ったけど、泥棒猫の使い方だいぶ間違ってるよな。合ってんのかな。

妹でも泥棒猫っていうんだろうか。レアケース過ぎて調べようがない可能性もあるな。

「泥棒猫はともかく、運動は出来た方が良いかな」

「……そっかぁ」

何やら唇を尖《とが》らせてもの言いたげな雪姫。別に雪姫も運動音痴ってわけじゃないだろうに。確かに部活には所属してないが。

「まぁ、ともあれですよ皇季さん」

「ん？」

鏡越しに美穂を見れば、くるっと雪姫と俺の背後を回って、俺の右隣にやってくる。

「そう言ってくれるのはその、嬉《うれ》しいですけど。でもちょっと、触れないで貰えると」

はにかむ彼女に、とりあえず頷《うなず》く。別に美穂の体重重い説を提唱したいわけじゃねえし。

そんなことより。

「あ、ちょ、ゆ、おい！」

思わず「おい」とか言っちゃう美穂さんはさておき、またしても美穂と俺の間に入ってくる雪姫さん。なにしてんのキミら。

「妹、お兄ちゃんも運動した方が良いと思うの。一緒に、朝とか走りたいなって」

「そうか。もちろんいくらでも付き合うぞ」

「でも雪姫さんって朝がくそざこなめくじだって聞きましたけど」

「言い過ぎなの！　朝弱いくらいで良いじゃん‼」

まあうん、雪姫が朝弱いのは確か。体温も低いし。

「夜一人は危ないので、夕方くらいに一人で走れば良いんじゃないですかね」

「〝一人〟強調しなくて良くない⁉　美穂さんが一人で走れば良いじゃん！」

「お兄ちゃんは妹を一人にしないよね！」

「皇季さん、真面目に運動するならあたし付き合いますよ？」

まあ、うん。

両サイドから見上げられて、歯磨きを終えた俺は口をゆすいでから言った。

「みんなで行こうね」

†　†　†

女三人寄れば姦《かしま》しい、という古来からの言い伝えがあるが、二人でも十分すぎる。

洗面所でまたしても勃発した美穂雪姫のバトルは、微笑ましくはあるものの今後の二人の関係が大変に心配になる代物であった。

このあと美穂が風呂《ふろ》に入るってんで、俺はシンクの洗い物でも片づけるかと思い立つ。夕飯の準備をあの二人が仲良くやってくれたんだから、そのくらいはね。……いや仲良くは無かったか。なんでもないわ。

いったん自室に戻ったのはなんでだっけな。たぶん、着替えの準備か何かをするつもりだったはずだ。たまにあるんだ、「あれ、何するつもりでここ来たんだっけ」みたいなの。

存外、そういう時は別の楽しみが生まれたりするから良いんだが……あとで思い出した用事は基本的に達成できていない不具合。

と、リビングのソファから立ち上がろうとした時だった。

「……」

無言でゆらりと現れた雪姫が、そのままどすんと俺の横に座った。

反動で飛び上がってみせるとキレた。

「そんなに重くないの‼」

「お、元気だ」

「むー」

さて何をしに来たのかな。べつになんの用もなくたっていいけど。

そんな風に思っていると、雪姫はそのまま俺の膝へ倒れ込んできた。

そして、ぎゅっと俺の腹部に手を回してしがみつく。

「雪姫？」

「妹が悪いのは分かってるの」

「？」

とりあえず撫《な》でる。

「んっ……んん……」

気持ちよさそうな声をあげるので、このままでも良いんだけど。

「ずっとこうしてたい……」

「してればいい」

「……してたかった」

おや過去形。

「美穂さんと未桜ちゃんのことも……お兄ちゃんが優しくするのは、仕方ないことなの」

「……」

「でも……やっぱり見てるとダメなの……さっきも」

ああ、割り込んできたやつね。

あと、今日の美穂と出かける時もか。

「いまさらって、分かってるのに……」

なるほど。

要はあれか。ふたりが来たとたんにこうなるのは虫がいいけど、それでも嫌なものは嫌だとそういうわけか。

もしも、美穂《みほ》との揉《も》め事《ごと》の原因がそれなんだとしたら……俺はどうしたら良いんだろうな。どうにかするのは当然として、その方法。

「べつに、今になってお前がこうやってくっついてくるのは、俺としては大歓迎で。それはファミレスでも言った通りだ」

「うん……」

「ただ……確かに、雪姫の言う通り、ふたりより雪姫を優先して、みたいなことはしちゃいけないとも思う。それは、ごめんな」

「……うん」

雪姫も頭では分かっているからこそ、こうなってるんだもんな。

「俺の身体《からだ》はひとつしかないし、それで雪姫が寂しい思いをするのは俺としても申し訳なく思うよ」

「……お兄ちゃんは悪くないもん」

「いやいや、兄として不徳の致すところだ」

緩く首を振って答えた。そっと、その綺麗《きれい》な髪を撫でつけながら。

手櫛《てぐし》のようにしてやると、本当にさらさらと指を流れていく。

「だから出来る限りのことをしてあげたいとも思ってるよ、雪姫。これからの家族のためにも、ふたりと変に区別しちゃいけない……そういう気持ちと同じくらい、俺はお前を大事にしたい。だから、そうだな。こういうのはもちろんいつでもしてくれていい」

そう言うと、回されていた手の力がぎゅっと強まった。

「……」

特に言葉はなかったが、なんとなく伝わる。ひとまず、こうしていたいということは。

「ちょっと色々俺も考えることがあって、今は全力にはなれないが……もう少ししたら、お兄ちゃんはまたお兄ちゃんに全力になるから」

美穂と雪姫のこともそうだし、あとは実佳《みか》さんのこと。

とりあえずそれだけ片づけたら、俺ももう少し妹との時間を増やせるし、頭もそれのことだけ考えていればよくなる。

「……お兄ちゃんは、お兄ちゃんのこともあるんじゃないの？」

「俺のこと？」

「妹とか関係ない、お兄ちゃんのこと」

「あんまり考えたことがないなあ」

「……考えてくれると、妹は嬉しい」

「わかった、じゃあ考える」

「うー……」

そうじゃない、と言わんばかりの小さな頭突き。

とはいえ、俺にはもうあんまり、家族のこと以外にすることもないしなあ。

「……でも妹、口だけだね……」

「？」

「お兄ちゃんには、お兄ちゃんのことしてほしいのに……こんなことしてる」

「大歓迎だ」

「……めんどくさくてごめんね」

「そんなこと思ったこともないな」

「嫌いにならないでぇ……」

「なるはずないだろ」

結局のところ……見捨てないでほしい、みたいな感じなのかな。

美穂や未桜にとられたくない。

兄冥利《みょうり》に尽きる想《おも》いだとは思いつつ……かといって、こうして家族になった以上は差別するわけにはもちろんいかない。

妹とか関係ない俺のこと……というのは、いまいちまだ分からないが。

お兄ちゃん離れの動機を聞くに、俺が妹以外に何かすることがない、というのが気になっているらしいことも分かった。

でもお兄ちゃんってそんなもんじゃないか？

まあ……そこまで考えさせるのもよくないし、それとなくそう振る舞うようにはしてみようか。

最善の策はまだ思いつかないが……と、ちらっと目の前に見えるつむじを押す。

「んみゅ」

……いつの間にか眠ってしまったお姫様を、とりあえず部屋に連れていくことから始めようか。

下の妹も可愛《かわい》いね。

慌ただしい一日を終えてくつろぐ時間帯に、俺は食器の洗い物を買って出ていた。キッチンの背後にあるリビングでは、親父《おやじ》が付けっぱなしのテレビを見ながら何やらテーブルで書類を書いている。昔からそうだが、親父は家に仕事を持ち帰りがちだ。社長だから、頑張ったって給料増えねえんだけどな。

それでも会社のために頑張るってのは、大したもんだと思うよ実際。

「さて……とりあえずこんなものかな」

美穂が料理の際に油ものやらの処理は終わらせてくれていたようだ。ぶっちゃけそれだけでかなり楽になる。

その美穂はと言えば、風呂である。

未桜《みお》は——たぶん庭かな。リングが無くても、こんな時間までバスケの練習だ。才能だけじゃない、努力も欠かさない子だ。どうも、うちの妹です。自慢。

実佳さんは今日も夜中まで帰ってこないことを考えると、個々の自由時間ってとこか。

「——改めて整理しておくか」

呟《つぶや》き、ルイボスティーを煮出す。親父がカフェインアレルギーになってしまったことを機に買い始めたんだが、これがなかなか美味《うま》い上にカフェイン入ってないから色々健康的だ。ボトルのお茶買ってくるより経済的で、貧乏人の知恵とも言う。

ともあれ、そんな経済難の家庭を十年がかりで脱却しつつある我が家の話だ。

「……美穂も、自分の母親がやってる仕事について全く知らなかった」

妙な話、というにはやや弱いが。知り合いの探偵に頼んでも調べがついていないことを加味すると、やっぱり疑念が募る。美穂が嘘《うそ》を吐《つ》いているというのではなく、実佳さん自身が誰にも言えない仕事をしているんじゃないかって方で。

「実佳さんの部屋にだけは、鍵もついてるしな」

全員、一応内側からロックは掛けられる部屋ではあるが。実佳さんの部屋だけは、ガチで玄関みてえな鍵がついてる。マイナスドライバーでがっちゃんこ、とはいかない。

「……親父に、っつってもな」

振り返ればリビングに、もくもくと仕事の書類を頑張っている親父の背中。

出来れば親父に話聞くのは最終手段にしてえんだよな。あんたの選んだ相手を疑ってます、なんて本人の耳に入れるのは、それこそ俺が望む家庭円満から遠のく選択肢だ。

それをするくらいなら、最初から実佳さんを探ったりせずに、ただ「良《い》い人であってくれ」と祈るだけの無力なガキで居る方がマシだ。

となると。今の俺に出来ることで残された選択肢は……どっちも収穫があるかどうかで言うと可能性は低いが、二つあるかな。

一つは、親父の居ない間に親父の部屋を探る。……あれだけ厳重に実佳さんが自分の部屋を要塞化してんのに、親父の部屋に実佳さん関連の仕事の証拠が残ってるとも考えにくいので、こっちの収穫は微妙。

もう一つは、未桜に話を聞くことだ。姉の美穂が知らねえのに、妹の未桜だけ母親の事情を知っているってのは中々可能性が低い。しかもこう言っちゃあれだが、未桜はどう見ても隠し事には向かないタイプだ。いずれにせよ収穫は微妙。

それだけ実佳さんが徹底してるって話でもあるか。

とはいえ、やれること残したままってのも気持ちが悪いな。

「——親父、俺もちょっと庭出てくるわ」

「えっ？」

顔を上げた親父の少し驚いた表情。や、まあ……そりゃそうだけども。

「せいぜい未桜の手伝いするくらいだよ、気にすんな」

「……そう、か。分かった。……ええっと、楽しんで」

「その送り出し方は微妙だろ」

なんだか申し訳なさそうな顔をした親父を置いて、俺は庭へ向かう窓を開けた。

まあそりゃ、驚くわな。バスケやめた俺がバスケの練習してる子のとこ行くんだから。

それに――。

「ふっ……ふっ……！」

だだだだだだだ、と小刻みなリズムが聞こえたのは駐車場の方。

小さな音なのは、ご近所に気を遣っているからかな？

春先のほんの少しだけ肌寒い気温を感じながら、俺はサンダルで庭を通り抜けて駐車場へと向かった。本来実佳さんの車があるスペースで、腰を落としてひたすらドリブルの練習をしている未桜の姿があった。

「スパイダ……」

スクワットのように腰を落とし、股の間でドリブルをする練習法。経験者なら分かる難しい練習で、その肝は腕の忙しさだ。右手で地面に突いた次の弾みは、左手で突く。そこまでならまだしも、次は右手を膝裏に回して突き、その次は左手を膝裏に回して突く。そして右手を戻して突いて以降その繰り返し。腕が四本あるかの如《ごと》く忙《せわ》しなく動かさなければならないから、蜘蛛《スパイダ》のよう。

ヘタなヤツだと動きが遅いからドリブルの間隔が空く。それが、どうだ。

だだだだだ、と延々響く小気味いい音の群れ。……ＭＶＰか。大したもんだ。

「普通、スパイダなんて近所迷惑になりかねないんだがな」

「わっ⁉　に、兄さん！」

ていんていん、と俺のもとに転がってくるボール。外用のゴムボールだ。いいなあ、俺が現役ん時は高くて買えなかったからなあ。バッシュだけで精一杯だったぜ。

「未桜の実力なら、夜にこの練習したって何の問題もねえな」

「あ、ありがと……」

ひょい、とアンダースローで投げ返すと、彼女は慣れた手つきで受け取った。

そして、一瞬の沈黙ののちに顔を上げる。

「あ、あの！」

「ん？　どした」

「……あ、遊んでくれますか？」

ボールを抱えて、恐る恐る。上目遣いにそんなこと言われたら、付き合わないわけにもいかんでしょう。

「ああ。ま、リングねーから、やれること限られるけど。あとドリブルも強くはダメ」

「じゃあ、パス練とか！」

「わっ……じゃ、じゃあ待っててください！」

とてて、と駐車場奥の倉庫に向かう未桜。嬉《うれ》しそうで何よりだ。

戻ってきた時に持っていたのは、もう一個のゴムボール。……二つ持ちかぁ。

「これ、お姉ちゃんのなんですけど」

「なるほど。……ま、大丈夫だろ。怒られたらその時だ」

「お、怒りはしないと……思うけど」

「思うけど？」

「羨ましそうには、するかも？」

こてん、と首を傾《かし》げる未桜。

「はは、じゃあ精一杯そう思わせられるくらい、楽しもうか」

「いいぜ」

「っ……はい！」

お互いにボールを持って、せーので相手にワンバウンドさせたパスを出す。

そうするとお手玉みたいに、ずっと二つのボールを回し続けられる。

正確さを鍛えるための練習だ。それだけと言うなかれ、がんがん速度を上げていくことでより実戦的な練習になるんだこれが。

とはいえ、バウンドさせると音が響くので、今回は野球のサイドスローみたいに投げてノーバウンドで同じことをやる。

さて……とはいえ、良い感じのタイミングで切り上げないとな。

「じゃあ行くぞー」

「はい！」

ひょいっと最初は軽く放れば、彼女からは素早いボールが俺の胸めがけてきっちり飛んでくる。

「おっと」

「いきます」

すっと目が細まった未桜。うーん、ガチモード。練習でも大会でも、普段の抜けたポンな未桜とは違う切れ味鋭い雰囲気の全国区エース。……中一だよな？

とん、とん、とん、と凄《すさ》まじい速度で行われるボール交換は、少しでも手が滑ったりもたついたりしたらボール二つを抱えることになる。兄として妹の尊敬を勝ち取り続けるためにも、ここでしくじるわけにはいかねえ……！

性差と年齢差がこれほどまで信じられない状況も中々ねえんだけどな！

「や、ほんと、大した、もんだ！」

　しかしこれ、いつまでやるんだろうか。俺の方から切り上げるのもダサいよな……次に起こる状況のことを考えたら、どのみちダサいことには変わりねえとはいえ。

「やべ」

「あ」

　……かれこれ五分くらいずっとやっていただろうか。ついに俺の左手が受け取り損《ファンブ》ねて《って》、未桜も集中が切れたのか手を止めた。零《こぼ》れたボールを拾いに行って、一息。

「流石《さすが》だな、未桜。やー、だいぶ鈍《なま》ってたわ、申し訳ない。で、ちょっと話が……」

「あ、いえ。付き合ってくれてありがとうございました」

　ぺこりと頭を下げる未桜。……おや？

「ああ……そうな」

　思わず生返事をしてしまった。だって、普通この状況はおかしい。スポーツ経験者ならきっと分かるだろうが、今の俺たちは――。

「……兄さん」

「ん？」

　俯《うつむ》き気味の未桜の表情が、玄関の外灯に照らされて。

　彼女はさみし気に顔を上げた。

「……やっぱりもう、左手は上がらないんですね」

……。思わず頰の裏を舌で突いた。

バカが。未桜のこと可愛《かわい》いだけの女の子だと思って舐《な》め腐って。

中途半端《ちゅうとはんぱ》に練習に付き合って話の流れ作ろうとした結果がこれだよ。

こと、バスケに関わることなら彼女が一番、俺なんぞの隠し事は見抜きやすかった。

言ってしまえば単に、俺が左肩壊して水平以上に上がらないってだけの話なんだけど、

問題は怪我《けが》そのものじゃない。

「あー……いつから気付いてた？」

「今の、練習で、やっぱりって。怪我してたのは、知ってましたし」

普通、右手でパス練したら左もやる。

バスケに限らず、片方だけで切り上げるなんておかしな話なのだ。

「そっかー……ごめんなー……変な空気にしちゃって」

「いえ……」

「や、マジでごめん。練習に水差すようなことしたわ」

「ちがくて！」

未桜の大きな声。珍しい反応に、目を向けると。

彼女は少し躊躇《ためら》ってから、俺を見上げて言った。

「昔みたいに、一緒に練習出来ないのは寂しいけど……でも。兄さん」

「ん？」

「どうして……どうして、言わないの」

「そりゃ、腕上がりませーん、なんて言ったってしょうがないだろ」

「違うよ……お姉ちゃんに、どうして言わなかったの」

気づけば未桜の敬語が取れていた。それだけ本心ってことなんだろうが。

見上げた彼女の台詞《せりふ》に、俺は少し詰まった。

「そりゃ言えねえよ。むしろ、美穂《みほ》にだけは言うわけにいかねえだろ」

「でも！　でもこうやって家族にならなかったら――もう会わなかったかもなのに」

「だからこそだろ」

「えっ」

……俺の左肩がぶっ壊れたのは、試合での接触プレーでのことだ。だから、美穂は関係ない。でもってリハビリとかいろいろしてたんだけど、まあなんつーか。

美穂の知ってるところで、怪我を自分から悪化させたことがあった。それがトドメになって一生バスケ無理って話になっちまって、それなりに俺がバスケ得意だったもんで。

「俺のわがままで巻き込んだんだ。それで怪我が一生モンになっちまったんだから、美穂が知ったら責任感じてもおかしくないだろ？」

「でもお姉ちゃんは、兄さんが頑張ってくれたおかげでもう一回バスケ頑張るって！」

「……そう思ってくれてんなら猶更だ。良《い》い思い出に……良いだけの思い出にしとこうぜ。な、未桜」

「…………兄さん」

正直、美穂にはもう会わない方が良いだろうと思っていた。バレたらコトだし。

だからあんまり再会を喜べなかったところは、まあある。

「うっし。俺はそろそろ戻るな。邪魔して悪かった」

そう言って切り上げようとすると、「あ」と未桜から零れる声。

「ん、どうした？」

「……いえ。私もそろそろ上がります。最後に良い運動が出来ましたし」

はにかむ彼女は、多少なり無理をしているのが丸わかりだ。

ったく……未桜にだけは何もないってほっとしてたのに、テメエのミスで面倒なこと押し付けちゃったなあ。

「……約束、しますよ」

ぽつりと小さな優しい呟《つぶや》きは、後悔の空を仰いでいた俺の耳に飛び込んできた。

「約束します。お姉ちゃんには、言いません」

「そっか。……ごめんな。ありがとう」

「いえ。……だから、兄さんも一つ、約束してください」

その瞳はまっすぐで、真摯で。玄関のほの暗い外灯に照らされて、静かに俺を見つめていて。可愛らしいという言葉が似合う彼女に、思わず綺麗《きれい》だと口にしてしまいそうな。

「なんだ？　俺は結構でかいもん押し付けてるから、ある程度は聞くよ」

そう言うと、彼女は頷《うなず》いてから、少し躊躇いがちに俺を見据えて言った。

「お姉ちゃんとまた会ったこと、家族になったこと。ちょっとでも、嫌だとは思わないでください。……会わない方が良かったなんて、二度と言わないで」

鋭く、睨《にら》むと言っても良いほどのその声色。

「……たとえそれが、美穂にとって嬉しくないことだったとしても？」

「うん。だって……だって」

そっと胸に手を当てて、未桜はどこか諦めすら混ざったような笑顔で言った。

「私も、お姉ちゃんも。皇季《こうき》先輩とこうして一緒に居られることが、もう十分すぎるくらい嬉しいことだから」

「……未桜」

「たとえ兄さんがどう思っていても、私はそうです」

照れ気味にそう〆る未桜に、俺は返す言葉を探していた。

あまりにまっすぐで、健気《けなげ》で嬉しい言葉だったから。

俺みてえな、変に裏ばっか探ろうとする人間とは対極の眩《まぶ》しさに焼かれそうだ。

「ありがとよ、未桜」

「はい」

どうにか返した言葉にも、未桜は嬉しそうに頷いてくれた。

† † †

からからから、と掃き出し窓を開けて、庭から直接リビングへ。

引き戸みたいに開いて外に出られるタイプのデカい窓のことを、掃き出し窓って呼ぶのは最近知った。学校の教室とかでも、ベランダ出る用にあるやつな。

ちなみにうちのアパートにはそんなもん無かった。半身だけ乗り出して洗濯物干してた。

未桜と一緒にリビングへ足を踏み入れれば、仕事してたはずの親父《おやじ》の姿はもう無かった。

たぶん引き上げたんだろう。

……さてしかし。実佳《みか》さんのことを切り出すタイミングがどこにもねえ。参ったな。

「ぁ……」

明日また改めて話を振るか、うーん……うん？

振り返ると、床に小さくしゃがみ込む未桜の頭がこんにちわ。

あんまり女の子のつむじとか見る機会ねーなー。しんせーん。なんて思ってても良いんだが、それよりも。何か拾ったのかな？

「どした、未桜」

「ひゃ⁉」

なんだその反応。

「な、なんでもないですが‼」

「そんななんでもないある？」

ぱっとその場跳びでバク宙して俺から距離を取る未桜。凄《すご》すぎない？

しかもなんか今手に持ってたな。……紙か？　今拾ったのか。

慌てて後ろに隠す姿はもう、ごりごりに「なんかまずいもん見た」感満載なんだが。

さて、そこまでのリアクションをされるとこっちも探らずには居られないな。

申し訳ないが、俺の状況が状況だ。

「未桜。なにか……拾ったな？」

「ぴぃ⁉」

そこまで怯《おび》えなくてもいいじゃねえか。

……こほん。

「未桜」

「な、ななな、なんですか！」

彼女がバク宙で取った距離を詰めるように、一歩踏み進める。

後ずさろうとする未桜は、先ほど入ってきた掃き出し窓にぴたりと背をつけた。さて、もう逃げられない。

「そんなに遠ざけられると、兄さん傷つくよ。やっぱり嫌われてるんじゃないかって、怖くなっちまう」

「え、あ。いや、そんなつもりじゃ」

人間は感情の生き物であるからして、いつでも理性的な判断が出来るわけではない。

たとえばこうして壁（窓だが）に背を預け、逃げ場がなくなってしまったことを頭では理解していても、最後までなんとか身体《からだ》を縮こまらせて逃げようとしてしまう。

だから俺と殆《ほとん》ど変わらない背丈の彼女でも、ご覧の通り。

ずりずりと背中がずり落ちて、俺を見上げるような姿勢になってしまう。

「未桜は、兄さんを嫌ったりしないよな？」

「ひゃ、……も、ももちろん！」

クッソこいつ可愛いな……。

顔真っ赤にして赤べこみたいに頷く未桜を見下ろして、優しい笑顔を作って。

「ありがとう。本当に可愛い妹だ、未桜は」

「ぁ……兄、さん……」

そっと未桜に手を伸ばすと、怯えることもなく熱っぽい目で見返してくれているので、そのまま頰を撫《な》でた。やわっこい。

美穂が言ってたな。未桜はお兄ちゃん欲しがってたって。俺が良いお兄ちゃんかはさておき、未桜の好きなお兄ちゃん像をしっかり分析してそう在れるように振る舞いたい。

さっきダサいことしちゃった分もあるしな。

「んっ……兄さん、くすぐったい……」

「兄は妹が可愛いと、つい甘やかしてしまうもんなんだ」

「え、へへ……」

嬉《うれ》しそうに、蕩《とろ》けたような笑みを見せてくれる未桜。

そっと彼女を抱きしめるように身体を寄せて――。

よし、頃合いだな。

「で、隠したのはこれか」

「え？　……あ！」

白い便せん。少し埃《ほこり》っぽいが。

「に、ににに兄さん‼　だましたの⁉」

「騙《だま》したなんて人聞きの悪い。優しい妹が、隠し事をやめてくれただけだろ？」

「んもおおおおお！」

んな牛みたいな怒り方しなくても。

べしべしと至近距離で胸板に平手打ちを食らいながら、便せんに目を落とす。

「でも兄さん‼　あのっ……」

「なんだ？」

ぐっと顔を上げる未桜。身長に見合わない可愛《かわい》らしい童顔が目の前に。

ふっくら唇桜色。おめめ大きいね。まつげ長いね。へへっ、俺の妹なんですよ。

「……お、お姉ちゃんと、もうお付き合いしてるんですか⁉」

どんがらがっしゃん、とキッチンの方から音が聞こえた。

「は？」

……まあ、今は良いか。誰に聞かれていようが、そういう予定はねえな

「〝もう〟ってのがよく分からねえが、そういう予定はねえな」

「あっ……じゃあその……」

露骨に落ち込む未桜。んー、状況が読めねえな。

首を傾《かし》げながら手元の便せんを裏返して、ようやく悟った。

なるほど。

『一戸瀬《ひとせ》先輩へ』

……俺宛の手紙っぽい。しかもなんか、封をしてるシールが可愛いクマである。

ラブレター臭すごいなー……。しかしまあ。

「これを美穂《みほ》が書いたと思ったのか。残念だが、違うと思うぞ」

「え？　でも……ここに落ちてたよ……？」

ここってのがリビングであることを考えたら、まあなんかそもそも落ちてることが迂闊《うかつ》でしかないわけだが。たとえば俺が、貰《もら》ったラブレターをここに落とした可能性もある。

「確かに俺はこの手紙に心当たりは無い。ただ、なんだろ。考えてみようか、未桜」

「?」

こてん、と小首を傾げる未桜に言う。

「もし美穂が俺のこと好きだったとしよう」

またキッチンでがたん、となんかが倒れた音がした。これ美穂だろ居るの。

「う、うん……!」

なんか期待の目が凄い未桜ちゃんであるが、残念ながら否定せざるを得ない。

「普通、もう会えなくなる卒業式までには告らねえ?」

「えっ……!?」

目を大きく見開いて、それから未桜は寂しげに目を伏せる。

「それは……確かに普通はそうだけど。普通は勇気持ってそうするべきだと私も思うけど。ていうかそうして欲しかったけど。でも……」

「でも?」

「でも……その。普通じゃ考えられないくらいヘタレだったら?」

がん、がん、と頭を打ち付けるような音がキッチンから響いてくる。そろそろうるせえな、俺たち別にお前の存在に気付いてねえわけじゃねえからな?

「んな、万に一つの可能性追ってたら仕方ねえだろ。それとも未桜にとって、あの立派なお姉ちゃんはそんな万が一があり得るヘタレお姉ちゃんに見えるのか？」

未桜にとっては、良《い》いお姉ちゃんのはずだ。昔からずっと。

そう自信を持って説得しようとしたんだが……おや？

未桜はなんか露骨に目を逸《そ》らした。口元が波打ってる。なんか汗かき始めた。

「…………………………なくもない」

「思ったより姉妹の絆脆《きずなもろ》いな⁉」

「だって……」

唇を尖《とが》らせる未桜。なにやらヘタレに心当たりがあるらしい。……とはいえ、その辺掘り下げるのはやめておこう。なんか聞き耳立ててるし、かわいそうだ。

「まあそれに、他の可能性もあるだろ」

「他の可能性……？」

「俺はこの便せんに心当たりはない。だが、一戸瀬先輩、と呼ばれるべき人間は俺以外にも居るわけだ。雪姫《ゆき》宛の手紙という線が残っている」

「えっ……あっ」

そう。雪姫は今年から三年生。既に後輩が居る学年だ。

「でもこれ、女の子の手紙……えっ」

「恋愛の形は人それぞれさ」

ふ、と笑ってみせれば、徐々に顔を赤くしていく未桜。

とまあ適当に言ってみたは良いんだが、俺自身もよく分かっていなかったりする。

未桜のはずねえし、マジで美穂がこんなラブレター書くってのも想像つかねえ。

雪姫宛は、正直わりとあり得る線である。

あとで聞いてみっか。あいつ親父《おやじ》譲りでよくもの落としたりするポンコツだし。

「あとそうだ、未桜」

「ふぇ？」

意識がそれぞれの形の恋愛像に及んでいたのか、ぼーっとしていた未桜。

顔を上げたその、なんも考えてなさそうなぽやんぽやんした表情に、俺は笑って言った。

「さらっと敬語取れてて良かったよ」

「え、あっ……」

思わず、といったふうに口に手を当てて、それから少し申し訳なさそうに苦笑い。

「ごめんなさい……お姉ちゃんと違って、あんまり慣れてなくて」

「そういや小学校《ミニ》バスケ《バス》の時は敬語とか使ってなかったもんな」

中学生になって、初めて使った敬語か。まだ一年経《た》ってないわけだ。

「うっ……そう、です……」

「あの頃の未桜も可愛かったなー」

「やめてよぉ！」

小学校の頃だからほら、先輩呼びでもなくてな。皇季くんって呼ばれてたわけだ。

皇季くん教えてー、ってボール抱えて走ってくる未桜の可愛いのなんの。

「ま、そのくらい遠慮なしで良いってこった」

「あう」

実佳《みか》さんや美穂の手前もあるだろう。色々と慣れて貰うしかないが……そうだな。

「……存外、未桜の言ってくれたことが嬉しかったのかもしれないな」

「え、何が？」

「家族になれたことを、本当に嬉しく思ってるってさ。……でなきゃ、俺からこんなに歩み寄ろうとは思えなかっただろうし。嫌われたくなくて」

「そんなことはっ」

「ああ、そんなことはなかった。だから、ありがとな」

そう言うと、彼女は少し居住まいを正して、微笑《ほほえ》んでくれた。

「うん！」

さて、忙しくなってきやがったぞ。

スマホにコールがかかったのは、俺が部屋に戻ろうとした時のことだった。
実佳さんはまだ帰ってきていない。未桜《みお》も美穂も部屋に引っ込んだ。
雪姫《ゆき》も部屋の明かりがついているのを確認して、俺は一度玄関を開けて外に出た。
電話をかけてきた相手の名は、『尚仁《なおひと》・昭利《あきとし》』。
今回、実佳のことについて情報の捜査を頼んでいた探偵だ。
『いよう、こーちゃん元気かい？』
男にしては少し高い声質。からかい交じりの話し方は、聞き馴染《なじ》んだヤツのそれだ。
「こーちゃんなんて歳《とし》じゃねえって何度言えばいいんだよ」
『マスターから聞いたぜ、超可愛い女の子とデートしてたんだってぇ？』
ちっ。もう話広がってんのかよ。
あの店のマスターと、この探偵と。それからもう一人。
俺にとって、人生で頭の上がらない大人がいるとすればその三人。
この前傷ついたのは、俺の人をからかう癖がこいつから移った説が浮上した時である。
それくらい……俺が小学生の頃から付き合いのある人物だ。

『おいおいだんまりかよ。ようやくこーちゃんにも春が来たってんで、俺からもたくさん花束を贈ってやろうかと思ってたのによ。自宅に着払いで』

「殺す気か」

金もそうだが、一目で家族にバレるなんてどんな地獄だ。っつーか。

「それネタにすんなら、相手の子もどこの誰だか分かってんだろうに」

『ちぇー。鋭くなっちゃってもー。昔はあんなに可愛かったのに』

「何度も擦《こす》んなそんなオッサンみてえな話……俺もさっきやったけど」

『あ、それ言っちゃう？　俺ももう三十だからね、結婚とか考えねえといけねえのさ』

「できるわけないでしょあんたに」

『でまあ、結婚するならするで、相手を選ぶのは大変そうねえ。身元も分からねえたぁ』

……。さらっと本題につなげるんじゃねえよ、と思いつつ。

実佳さんの周辺について調べて貰っていたことを含め、この探偵からの連絡は、その依頼についてだったことを思い出した。

「で、今んとこどうなんだ？」

『良い報告と悪い報告がある。どっちから聞きたい？　ふー……』

くたびれたように、電話口の向こうで煙を吐く昭利さん。……今時タバコはモテねえぞ。

「じゃあ良い報告からで頼むわ」

『へえ。理由は？』

「考えなきゃいけねえのはどうせ悪い報告の方、って教えてもらったからな」

『ん。順調に成長してるみてえだな、善哉善哉《ぜんざいぜんざい》。……この地区一帯のアレなグループには、彼女の形跡は見つかんなかった。裏社会との繋《つな》がりはないと思って良さそうだぜ』

「……この辺り一帯は、か」

『流石《さすが》に全国津々浦々調べるってなると金もかかるし、何より現実的じゃねえよ。なんだかんだ帰宅頻度はそれなりだし、都内から沖縄の暴力団と関係してるとも考えにくい』

「極論はそうか。……確かに、変な繋がりがないのは良い報告だな」

『ああ。最近はネットやらオンライン通話やらも発展してるが、やっこさんらみたいなのは比較的やっぱりツラ合わせたがる。どうやったって、繋がりは見えるはずだ』

「……ふう」

『ほっとしたか？』

「ああ。正直マジでほっとしたかな。そういう方向の人だってのが、一番最悪のケースだったっつっても、言い過ぎってほどじゃない」

『……相変わらず、家族想《おも》いだなお前は』

「その家族になろうって人をこんなに疑ってるんだけどなあ」

　俺は今、親父の幸せに水を差しているだけだ。たとえ実佳さんがなんの心配も要らない普通の良い人だったとしても、探りを入れた事実は変わらない。

　それが明るみに出れば、俺と旧深倉《ふかくら》家との亀裂は免《まぬが》れないはずだ。

『……皇季《こうき》』

「ん？　あ、ああ。なんだよ」

　急にこーちゃん呼びやめるなよ。

『お前の依頼を格安で、しかも出世払いで引き受けてやってんのはな。お前が昔からそうやって、親父さんと妹ちゃんのために走り回ってっからだ』

「……」

『変わってなくて安心したぜ、こーちゃん』

「こーちゃんやめろ」

『ま、あとは悪い報告だが……分かってると思うが、それ以外の情報が無ぇ』

「……まーじで何者なんだあの人」

　歓迎できない繋がりが無いことは、喜ばしくもあり。ただ、それで手を止めることも出来ないって話でもある。

実際、今回の良い報告も、実佳さん自身を追ったんじゃなく、周辺を調べて得た消去法の情報だ。彼女の足取りについては、いまだにろくな手がかりがない。

『俺の方はそのまま続けるが、どうだい。せっかくデートしたんだ、口説いてネタ仕入れる、ジェームズ・ボンドばりの活躍はできたかい？』

「……上の妹はなんも知らなかった。下の妹の方もそれとなく聞いたんだが、やっぱり知らないときた。一応、念には念を入れてもっかい話は聞くけども」

リビングでの騒動のあと、未桜にはちらっと聞いておいたのだ。ただ、やっぱりそこでも芳《かんば》しい返事は得られずじまい。母親のことについては、何も知らなそうだった。

「ただ、寂しい話だな。下の妹に聞いたんだけど、授業参観や運動会にも来てくれたことは無いらしい」

『なる、ほど？』

「昭利さん？」

『いや。お前も同じ経験してる人間だからピンと来ねえのかもしれねえが……案外と大きな情報かもだぜ、それは』

「そう、なのか。うーん……やっぱ自分の客観視はまだ苦手だわ」

まだまだガキだな、俺も。

『よし、それ踏まえてある程度また少し探ってみるとして……いやしかし、こーちゃん』

「なんだよ」

『上の妹に下の妹、ねえ。姉と妹、じゃなく？』

なんか妙にねっとりした聞き返しに、眉をひそめて問いかえす。

「何が言いたい」

『いや……その子たちのことは、もう両方自分の妹だって思ってるんだと思ってな』

「……からかってんじゃねえよ」

『悪《わり》ぃ悪ぃ！　でもよ、こーちゃん。気を付けろ。守るものを増やすのは、良《い》いことばっかりじゃあねえんだぜ？　特にお前みたいな、全力尽くしちゃうタイプにはさ』

「……なんだよ、説教か」

『ああ。ついに去年、後輩のために片腕犠牲にしたバカにな。次はそれで済むと思うなよ』

正面から随分と言ってくれるもんだ。

『さて、と。そんな後輩系義妹が居るお前に、良い報告が出来るようにオッサンも頑張るわ。またなんか分かったら連絡するが……なんか話あるか？』

その後輩が義妹になって喫茶店来たこと全部把握してんじゃねえかあんた。

「昭利さん。そんなに大した話じゃないんだが、一個だけ最後に良いか？」

『お、なんだよ。俺に妹は居ねえから、ろくな相談は出来ねえだろうが』

「そんな相談ならもっとマシな大人選ぶわ。……俺、いつからあんたに敬語取れたっけ」

するど、少し無言になって。煙を吐くような息が聞こえてから。

『さてね。関係が変わるのはいつだって、相手に思うところがある時さ』

……。思うところ、か。

「モテたきゃちゃんと身だしなみ整えろよ、オッサン」

『うるせえよ』

† † †

通話を終えて、家に入る。長電話ってほどでもなかったが、ただ外に居るだけの時間っていうのはやっぱり冷えるもんだ。

深夜に出かけて自販機で飲み物買ったり、コンビニ行ったりなんていうのは割と憧れるものではあるんだが……案外と貧乏性が祟《たた》って500ミリに160円払いたくねえ。

高校生になるんだし、バイトをするべきかねえ。

生半可な稼ぎ方をすると親父《おやじ》の税金が増えるし、かといって抑えすぎると意味ねえし。

何かしら、しっかり稼ぐ手段がほしいところだ。

「親父の仕事の手伝いとか……今なら出来たりするかね」

堅実なところだとその辺りだろうか。雑務くらいならやれるはずだ。問題は、親父がそれを果たして必要としているかどうかって部分だけで。

……いっそのこと、実佳《みか》さんに仕事手伝うみたいな話を振って——いや、流石にそれは怪しまれるか。下手なことはしない方がいいな。

階段をのぼって、自分の部屋へと戻る。かちゃっと扉を開くと——。

「あ」

「なにしてんだ、雪姫」

俺の部屋に鍵はかからねえけども。勝手に入っているとは思わんかった。

ていうかベッド。俺のベッドにかまくらバリの山が出来てる。顔だけ飛び出してこっち覗《のぞ》いとる。なんだこれ。

「え、えっと」

「……俺のベッド温めておいてくれた、的な？　木下藤吉郎《きのしたとうきちろう》的な精神で」

もの盗もうなんてことを考えるような子じゃない。

考えられるとしたら、俺がなんか隠してたりとかしたら嬉々《きき》として見つけに来る——子だったのはまあ小学生時代か。

「一緒に、寝よっかなって」

「俺と？」

「……そう。妹と、お兄ちゃん」

なる、ほど⁇⁇ 布団《ふとん》の熱だか照れだかで真っ赤になってるこのかまくらの言うことにゃ、どうも同衾《どうきん》がしたいらしい。

もちろん大歓迎である。

確かに小学校四年生くらいまでは、たまにもぞもぞと俺のベッドに入ってきてたっけな。

それも単に、自力で布団が温まらなくて寒いからって話だったけども。

前の家じゃ子ども部屋ってことで俺と同じ部屋だったにも拘《かか》わらず、ほとんど口もきいてくれなかったわけですが……さて。

「よし、寝るか」

「え、もう⁉」

「あ、すまんまだ寝間着ですらなかったな」

「じゃ、じゃあ温めとくの！」

藤吉郎殿でござったか。

ぎゅむ、と音をさせて殊更ベッドの上で布団ごと丸くなる雪姫。

ちらりと見れば、少し照れが混じったように目を逸《そ》らす。

ふふ、ういやつめ。待ってろよ抱き枕。

……と、そうだ。着替える前に。

「雪姫、ちょっと聞きたいことあるんだけど」

「なぁに、お兄ちゃん……」

布団から顔だけ出してこちらを見る雪姫に、ちらりと封筒を見せて。

「俺の貰《もら》ったラブレター知らねえ？」

「はああああああああああああああああああ⁉」

あったためとくっつった布団が空を舞った。きゅうり見た猫みてえに飛び上がった雪姫は、あっという間に俺に詰め寄る。てーかパジャマも可愛《かわい》いね。もこもこの水色フリース……うさ耳フード付き。これも昔のやつだ。

十歳の時の服は貫くんだな……。全然いいけど……。

「なに！　なんで！　だれが！　どこのどいつがお兄ちゃんに――」

「じゃあお前の貰ったラブレター」

「――えっ。わたしが貰ったラブレター……？」

「や、さっき拾ってな」

綺麗《きれい》な白い便せんを、デスクの上にぽんと載せる。

布団から出たばっかかで寒いのか、両腕で自分の身体《からだ》を抱きながらデスクを覗き込む雪姫にもしっかり見えただろう。『一戸瀬《ひとせ》先輩へ』というラブレターが。

目を見開き、俺の方にがっと顔を上げて。

「お兄ちゃん宛じゃん！　捨てよう！」

「やめなさい」

「わぷっ」

寒そうだったので、椅子に乗っかってたブランケットをぶつけておいた。

なんだ今のノーラグ捨てようは。

「これ以上要らない……！」

「何がだ。どういう執念だお前。……とりあえずこれが、リビングに落ちててな」

「美穂《みほ》さんじゃん。燃やそう」

「だからやめろホラー系妹路線」

美穂なわけねーだろ。お前らにはあいつが俺のことそんなに好きに見えてんの？

……見えてんのか。見えてるから、取っちゃヤダ、なのか……なるほど……。

「だったら誰だって言うの……。こんな厚顔無恥やらかすの美穂さんくらいなの」

「厚顔無恥とか言うな。なんであいつそんな恥さらしみたいな扱いなんだ」

今朝もでかける前に卑《いや》しいだとか言ってたけども。

「でも……雪姫にも心当たりは無し。知らないうちに鞄《かばん》か何かに入れた子が居たのかねえ。どのくらいの時間無視してたのかはわからんが……」

もしも俺宛だったとしたら申し訳ないことだ。後輩と呼べるような人間に会ったのはそれこそ卒業式が最後だし、だとしたら最低でも二週間以上は放置してることになる。

「よくないの！　美穂さんに直接聞きにいかないと。流石《さすが》に正面から『あなたの？』って聞けば頷《うなず》けないはず……そうしたら捨てるの」

「美穂の書いたもの前提、しかも捨てる目的で動くのやめなさい」

息を吐《つ》いて、ぽんと雪姫の頭に手を載せる。

まったく、俺のせいでこのふたりが不仲だというのか。

唇を尖《とが》らせる雪姫を見て、思う。実際、入居する時にも別に喧嘩《けんか》はしてなかったし。ことさら雪姫周りの交友関係で、美穂と険悪って話も聞いたことはなかった。

同居を始めて急に、と来たもんだから、俺としても対処に困る。

そう思って肩を落とし、雪姫を見ると。少し俯《うつむ》いて、雰囲気が変わった。

「……だって」

さっきまでの暴走機関車みたいな感じは消えて、代わりにあるのはそう、昔の雪姫が叱られた時に出すような、感情を抑え込んだ拗《す》ねた顔。

「だって？」

「……だって、美穂さんはアレだけお兄ちゃんを傷つけたのに。どうして、あんなに嫌なこと言ったその口で、お兄ちゃんと仲良くできるの？」

………………それは。

「……俺と美穂が仲悪かった時のこと、知ってたの？」

「……」

そう言うと、雪姫は目を逸らした。あの時期はもう、雪姫と俺の仲も良くなかった。

いや、俺が雪姫に遠ざけられてたと言うべきか。

だから逆に言えば、俺と美穂の関係は、美穂と雪姫の関係には影響してなかった。

少なくとも俺はそう思っていたんだが、雪姫の心のうちでは俺と美穂の不仲は気になってた、ってことになるのかな。

息を吐いて、俺はベッドに腰かけた。雪姫を手招きすると、彼女は少し迷ってから、俺の隣に座った。別に未桜みたく膝の上でも良かったんだが。

「どこまで知ってんだ？　俺と美穂の話」

そう問うと、雪姫は床に視線を落としたまま、ぽつぽつと言う。

「……『あんたみたいな人間にあたしの気持ちが分かるわけない』『何も知らないくせに余計なちょっかい出さないでください』『もう放っておいて』『目ざわりなんですよ』」

あー言われてた言われてた。めっちゃ心が痛い。あの時期の美穂ほんとマジ。

「それから……『これ以上、夢見させるようなこと言わないで』」

「雪姫ちゃん？　どんだけ盗み聞きしてんの⁉︎⁉︎　流石のお兄ちゃんもどうかと思うよ⁉︎⁉︎」

「うっ……」

最後のとか、結構誰も居ないはずの場所だったんだが⁉︎

それとも美穂が雪姫に喋《しゃべ》ったのか？　流石にそんなはずないよな？

……ふう。

「ま、これは俺と美穂の問題だから、雪姫に話せることは多くはねえけども」

「っ……」

それに解決してる過去の話を掘り返して、美穂を嫌な気持ちにもさせたくない。

だから語れることはそう多くないが。

「……美穂が凄《すご》い選手なのは知ってるよな？　なんせ、全国出場校のキャプテンだ」

「うん。男子からもめっちゃ人気だし。女子からもモテてる」

あー……うん。女子からモテてる件については、本人も色々悩んでるっぽいが。

「でもさ。キャプテンで、実力もあって、性格も明るい——と周囲に期待され続けてるあの美穂に、一人だけ絶対勝てない相手が居たんだよ。どんなに練習しても追いつけない」

「……え、お兄ちゃんとか？」

「いやいやいや。男の俺と勝負してどうすんだ」

「でもお兄ちゃん、美穂さんとよく喧嘩しながら一対一で……」

それも見てたのか。

ああ、何度もやったさ。あいつの気が済むまで、勝負に付き合った。苛立《いらだ》ちとか、怒りとか、情けなさとか。そういうものを全部ぶつけてこいって半ば強引に付き合わせた。

「でも俺じゃない。あいつが勝てなかったのは、未桜だ」

「ええ……？」

天井の白を見上げると、自然と再生される情景がある。笑顔でみんなに指示を出して、練習でも精力的に頑張って、みんなで頑張ろうって声をあげた。

そうやって励ました同級生は、全員未桜にスタメンの座を奪われた。

負けじと練習に打ち込むみんなを励ます美穂でさえ、地力では妹に敵《かな》わない。

お前も負けてるくせに、と実際に思われていたかは問題じゃない。そう思われても仕方がない程度の実力しかない――なのに次期キャプテンとしてのプレッシャーだけはのしかかる。妹に八つ当たりもできなくて、いつも一人残って泣きながら練習してた。

妹が三度もやれば習得することを、いつまでたっても出来ない自分。同じポジションで、いつの間にか妹を支える役割しか与えられなくなっていった試合中のコーチの指示。

「てーか今も勝ててなんかいない。ぶっちゃけ未桜がおかしい。一年生でオールスターのMVPだとよ。名実ともに日本の中学生ナンバーワンです、あの子」

まあオールスターとっても、全国優勝は出来ないってのがまた現実の面白いとこだが。

それがまた、美穂の心に突き刺さる。敵は未桜さえ押さえれば勝てるわけだからな。

「そう……なの。凄いね、未桜ちゃん」

「ああ、凄い。キャプテンのはずの美穂が、他校から〝深倉未桜の姉〟としか扱われてないくらいにはな」

「そんな言い方っ」

「勝負の世界は厳しいもんなんだ」

美穂にとっちゃ悔しい以外の何物でもなかった。なまじ妹っていうめちゃくちゃ近い相手だからこそ、余計に。

「んでほら。こう言っちゃなんだけど、俺バスケうまかったじゃん？」

「……うん。かっこよかった」

「おう。ありがと。でもその俺が、泣いてる美穂見つけちゃって話しかけるとどうなるかってーと」

——何も知らないくせに。あんたみたいな人間に分かるわけがない。

「別に誰かに勝負でコンプレックス抱えたこともない、どっちかってーと未桜側の人間だったからな、俺も。それは男女別とはいえ、同じ体育館でプレーしてる美穂には見て分かるもんだろ。まー嫌われるよな、しょうがない」

からからと笑ってみせれば、雪姫はうつむいた。

「……じゃあどうして、お兄ちゃんは美穂さんに話しかけ続けたの？　嫌われたのに」

「んー、理由は色々ある。俺が美穂のこと見るようになったのは泣き顔見てからで……逆に言えば、あんな顔するくせにみんなとの練習中はずっと笑って声出してて、励ます側で、未桜の引き立て役みたいな扱いされてても腐らずに頑張ってたとこ見ちゃったのと」

「……のと？」

「もとから未桜のことは知ってたんだよな、俺。中一、二の頃、たまに小学生にバスケ教えるみたいなイベントがあって。夏休みの間だけ、週に一回くらいの頻度だったけど。すげえ子が居るって話で……練習教えてみたらめちゃくちゃ素直で妹力高かったから」

「ふ～～～～～～ん」

「いや可愛《かわい》かったんだよ。でもなんつーか、まあ未桜の方も当時ちょっと問題あってな。それに付き合ってたら、思い入れもできちゃって。あとから入学してきて美穂の妹だって知って──その美穂と未桜の問題だろ。そりゃな」

嫌がる美穂を強引に挑発して、一対一に付き合って。そのうちに見えてくるものもあったんだ。まあこれはプレイに関する話だから簡単に言うと、未桜と競うよりも美穂には美穂の適性があったってことに気付いたみたいな感じだ。

俺と勝負するうちに、美穂は未桜より俺とスタイルが近いことが分かって。美穂も女子の中では体格良《い》い方だったから気付かなかっただけで、司令塔タイプというか。

……まあ専門的な話は良いんだ。要は未桜に勝てない悔しさとか、情けなさとか。あとは俺みたいなのに付き合わされる苛立ちとか──俺にも勝てない自分への憤《いきどお》りとか。そういうものを、怒鳴り散らしながら一対一やり続けて発散することで、すっきりした。

そういう話だ。俺が夏大前《夏の大会前》に怪我《けが》するまで。

「……じゃあ」

話を聞き終わった雪姫が、ぽつりとこぼした。

「気づいたらお兄ちゃんにとって、美穂《みほ》さんと未桜は大事なものだったたってこと？」

「……大事なもの？」

捨てられないアイテムみたいな言い方だな。

こくりと頷く雪姫からは、あんまり冗談みたいな雰囲気は感じ取れず。

大事なもの、ねえ。そう言われれば、そうだな。未桜のことを可愛がってたのもあるし、美穂にしたって見てられなかった。

……特に、妹に自分の本音を隠して必死に頑張ってるとことかは、やっぱり他人事《ひとごと》じゃねえよな。別に俺が美穂と同じことやってるかっつったら、そんなことはないけれど。

「ちょっと恥ずかしいが、大事なものではあるかな？」

「それはっ――」

がた、と立ち上がった雪姫。その瞳が震えているのを見て、心当たりがなくて困惑する。

「それは？」

「っ……なんでもない！　そんなんだからお兄ちゃんは！」

「あれ、ちょっと雪姫⁉」

そのままばっと部屋を飛び出していく雪姫。

目の前にある自分の部屋をばたんと閉めて、引きこもりのポーズ。

仕方なく俺もあとを追って雪姫の部屋の扉をノックすると、しかし無反応。

「……んー、何をしくじったんだ俺ぁ」

美穂のことを大事っつったのが地雷だった？　いやいや、流石《さすが》にそこまで心の狭い子ではないはずだ。だとすると……うーん。

「……皇季さん、何かあったんですか？」

ひょこっと、雪姫の隣の部屋から頭だけ出す美穂。ぎりぎり目が見えるか見えないか。

どういうことなの。

「美穂さん？」

「やです。絶対やです皇季さんに寝ぼけた顔見せるの」

「あー……それはすまない。気遣いが足りんかった。……まあ雪姫《こっち》も俺の気遣いが足りんかったってことなんだろうけども」

ちらっと、閉ざされた扉を見て呟《つぶや》く。

「雪姫さん、ですか……」

扉の向こうから、なんだか少し、悩むような雰囲気。

「たぶん、あたしのことじゃないですか？　今日も喧嘩《けんか》したし」

「……関係なくは、ねえかな。どうだろう、少し美穂の方からあいつに話とか」

「もちろん、精一杯歩み寄りたいとは思います。ただ……」

「ただ？」

言葉を濁した美穂が、扉の向こうで何を考えているのかは分からない。

少し黙って待っていると、美穂は小さく息を吐《つ》いた。

「雪姫さん、あたしと皇季さんの間にあったこと、多分知ってるんじゃないですか？」

「……っていうと？」

「学校で会った時とかは普通でしたし。だったら、あたしが皇季さんと仲良くしてるのが不満だっていうのは、流石に分かります。不満に思われる心当たりも、もちろん」

……あんまり、美穂には気負わないでほしいんだけどな。

「俺の我がままの結果なんだがなあ」

「……その我がままに助けて貰《もら》えた子が、ここに居ますヨ？」

そう思ってくれるのは嬉《うれ》しいし、実際助けられたのだとしたら、良いことだ。でも。

「でも雪姫だって悪い奴《やつ》じゃないんだ。それは信じてやってほしい」

「ふふっ。なんの心配してるんですかっての。大丈夫です、あたしは雪姫さんのこと、最初から嫌いじゃないですから。……嫌いになれるはず、ありません」

なんだか、気持ちのこもった零《こぼ》し方だな。何か雪姫に、思うところでもあるのか。

「中学入ったくらいから、皇季さんのこと避けてたんですよね？」

「……ああ。雪姫は、そうだな」

「今なら、少し。雪姫さんの気持ちが分かる気がします。少なくとも、あたしには」

「まじ？　だったら聞いてもいいかな。いまいちそれがピンとこなくて」

雪姫がひょっとしたら聞き耳立ててるかもしれないところで聞くのもなんだが。

そう言うと、美穂は小さく笑って言った。

「ダメです。というか、あたしには言う資格がありません。……流石にちょっと、これを言うのはあたしの人格がゴミすぎるので……」

そんなに？　いやまあ、そこまでのことを強要するつもりはないけども。

「なら……そうだな。美穂、代わりに頼みがあるんだが」

「はい？　皇季さんの助けになれないのも嫌なので、こうなった以上はなんでも聞いてあげたいですけど」

「雪姫の気持ちが分かるなら、俺にそれを言えなくてもいいから。こう、うまくやってあげてくれ。べつに、俺が解決する必要はねえんだ。どうにかなりさえすればさ」

「……皇季さんらしいですね」

そうか？ まあ、俺らしさは俺には分からんか。

「分かりました、良いですよ。あたしなりに頑張ります」

「ああ、頼むわ」

……じゃあ。

「おやすみ、美穂」

「はい、おやすみなさい」

ぱたん、と静かに美穂の部屋の扉が閉じる。

「あ、そうだ美穂」

「……はい？」

かちゃ、と再度開いた扉に問うた。

「俺宛のラブレターに心当たりある？」

「書いてないですが⁉」

「いや美穂著とは言ってねえよ」

「ああああああああ‼ おやすみなさい！！！」

ばたん‼

……うん、やっぱり美穂じゃなさそうだ。

†　†　†

ふと、目が覚めた。全然明るくないから、まだ深夜帯だろう。

それなりに健康的な生活を送っているつもりだから、こんな時間に意識が戻ることはそうそう無い。トイレか、喉渇いたか、いずれにせよ生理的な欲求がごく稀《まれ》に。

だから目覚めにちょっとわくわくしたりもするんだが、今回の欲求は、すっとした寒さのようなものだった。まるで隙間風が肌を撫《な》でるような。布団《ふとん》を捲《めく》られた時に一瞬なだれ込んでくるあの寒さ……って、ん？

「……マジに捲られてると思ったら、温《ぬく》もりがインしてるんだが。こんにちは湯たんぽ」

「……こんばんわ、なの」

確かに夜だもんな。藤吉郎殿が温めを途中で放棄しやがったもんだから、代わりに来てくれたってことだろうか。暗くてよく見えないが……雪姫殿が。

「……一緒に寝るの、許してくれるのか？」

「ん……ちょっと待って。閉じる」

「なるほど？」

涅槃《ねはん》仏みてえに身体《からだ》を半分避ける俺の胸元に、するりと入り込んでくるうさ耳フード。

同じ部屋に住んでたはずなのにふんわり甘い柔らかな匂い。香水とか買う金はなかったけど、化粧水とかは流石に色々買ってたっけね。安物でも使ってくれてた。

こたつの猫とか、胎児みたいに丸まって、後ろ手で扉を閉めるみたいに掛《か》け布団《ぶとん》を元通りにして潜り込む。視線を顎下に向けると、こちらを見上げる瞳と目が合った。

「……さっきはごめんな。なんか俺が無神経なこと言ったっぽい」

そのうえで寒いからベッドに入ってきた……ってわけでもなさそうだな。

「……その話はしたくないの」

「そっかー。じゃあ、どうする？」

もぞもぞと動いた足が、スウェット越しに俺の足を搦《から》めとる。別に立ち上がったりするつもりはないが、逃がさない意思表示だろうか。

「……ねる」

きゅ、と俺の服の胸元を両手で摑《つか》む雪姫。うつむいて、唇を尖《とが》らせて。

「そっか。じゃあ一緒に寝よう」

「ん」

俺にとっては嬉しいことに変わりはないし。

「……んん……」

布団が温かいからか、うつらうつらとしているようで。まあ、夜中に目が覚めて俺のとこ潜り込んできたんだろうからな。

ぽん、とフード越しの頭に手を置く。小さく寝息が聞こえてきた雪姫を見下ろして。

眠ってなおぎゅっと握られた胸元。昔の寂しそうな雪姫を思い出して、息を吐く。

「……どうしたもんかな」

実佳《みか》さんのことが全然片付かない。全然尻尾を出さない。

そんな俺の無能が色々としわ寄せを来しているのが苛立《いらだ》たしい。

何が雪姫をここまで怒らせてしまったのか。

雪姫の胸の中にある思いの根幹がなんなのか。

――先にそっちをどうにかするべきだな。

明日の時間は、雪姫に使おう。

実妹とデート日和

こんこん、と扉をノックする音で目が覚めた。

窓から差し込む陽光は、そこそこ。俺の部屋が北西だから、一番日差しが入ってこない。

たぶん南東の美穂《みほ》の部屋とかは今頃めちゃくちゃ明るいんじゃなかろうか。

「皇季《こうき》さん、おはようございます」

なるほど、ノックの主はその美穂さんでしたか。瞼《まぶた》を擦《こす》り、返事をする。

「……ああ、おはよう」

「あ、起きられました？　ふふ、喉ががらがらみたいですね」

「起き抜けは渇くタイプなんだ。……なにか、用事？」

「あ、いえ。用と言えば用なんですけど」

ふむ。時計を見れば朝九時。むしろ起きろって話だし、用があるならなおのこと。

ただ……どうしようか。これ。

ちょっと布団を開ければ、俺の胸元ですぅすぅ寝息を立てる雪姫《ゆき》の姿。

なんて安心した表情でしょう。俺たちの会話などまるで耳に入っていない、口元に弧を
描いてご満悦の可愛《かわい》らしい寝顔である。

ちなみに足はがっちりホールドされていて動けん。

「あー……入ってきていいよ」

「えっ⁉　皇季さんの部屋に、あたしが？」

「うん。扉の前で待たせるのもなんだし」

寝起き見られて恥ずかしい、みたいなのもないしな。男ってのは。

「じゃ、じゃあ……おじゃま、します……」

すうっと扉を開いて入ってきた美穂。もう出る時間なのか、部活指定のジャージ姿だ。

すんすんと鼻が動いているのを見て、思わず俺は苦笑い。

「臭う？」

「へ⁉　いえいえ全然！　むしろ男の子の匂いというか、先輩の匂いがするというか！」

「なんだ先輩の匂い」

「なんでもないです！！！」

俺のこと癖で先輩っつったのか、或《あ》いは年上特有の匂いでもあんのかは知らんが。

「用事あるなら座ってくれていいから。すまん、今動けなくてな」

「あ、はい。えっと……えっ？」

美穂が気付いた。俺の布団の中に、なんか別の人間が居ることに。

「……未桜《みお》じゃないですよね？」

「確かに昨日誘ったが、流石《さすが》に来なかったよ」

「……本人は枕抱えてめっちゃ悩んでましたけどね。まあいいです、別に問題じゃないですそこは。なんで雪姫さんが？」

「可愛いもんだろ」

小さく身じろぎした雪姫が、「んへへ」と笑った。幸せそうでなにより。

「……え、これ普通ですか……兄妹《きょうだい》で寝るのって……」

「普通じゃねえとは思う。まあでも、可愛いからいいかなって」

「そ、そうですか……」

ドン引いている様子の美穂さん。まあこうなるよね、という感じ。

「本当に血繋《つな》がってます？？？」

「繋がってない方がやばくない？」

「うーん……？　そう、かな……むしろそっちのがしっくり……」

「いやまあ、繋がってるよ」

本当は半分だけな。雪姫も知らないし、親父《おやじ》も俺が知ってるってこと知らないから誰にも言うつもりないけど。

「そうですか……そう、ですかぁ……」

「雪姫まで繋がってなかったら俺義妹三人抱えてることになるけど」

「これ以上増えられるのは嫌ですね」

「あそう？」

今更変わらねえんじゃねえかとも思いつつ、また増えたら増えたで確かに大変そうだなとも思いつつ。居もしない四人目の妹に想《おも》いを馳《は》せていると。

美穂はそっと口元に手を当ててしばし黙っていた。

それから雪姫の寝顔をチラ見して、目を伏せて……俺に向き直った。

「……あの、皇季さん」

なんだか真面目な表情だ。俺も少し、居住まいを正す。言うてもちょっと上体起こすくらいしかできないけど。

「どうした？」

「言えない話だったら、そう言ってくれて良いんですけど。――昔、雪姫さんと何かありました？」

「ちょっと広いな。そりゃ人生いろいろあったさ」

「……そうですよね。言い方変えます」

向き直ってそっと自分の胸に手を当てて。いっそ儚《はかな》いくらいの笑顔で、美穂は言った。

「たとえば、一年前のあたしみたいに。身体張って助けたことありませんか？」

……雪姫は、まだ寝てるな。

「そうなぁ……美穂と一緒に、昨日行った喫茶店あるだろ？」

「はい。あのお爺《じい》さんの言ってたことが、あたしの中で引っかかってたんです」

「マスターな。うん。……俺はそれこそ、小学校二年生くらいの頃から知ってる」

知ってるというか、世話になりっぱなしというか。

「雪姫起きちまったらこの話終わりな？」

「あ。……はい」

寝かしつけるようにそっと撫でながら。雪姫に聞かせたくない話であると、前置きして。

「――母親が消えたのは、俺が小学校三年生くらいの時のことだ。ぶっちゃけ、不倫発覚が原因。その二年くらい前からかな。後から知ったんだけど、親父の事業が傾いてた」

「……それは」

美穂は少し目を伏せた。美穂だって父親居なかったんだ、家庭環境が十全とは言い難《がた》いのは俺たちも美穂たちも同じ。そういう意味では、家族になれることを喜ばしく思う。

一方で、俺の母親というものに対する不信が拭えないのもまた事実だ。

「俺はなんか、子どもの頃から大人しかったらしいんだけど。雪姫は結構わがままというか、無邪気だったんだ。そんで……それが苛立ちピークの時期の母親の癪《しゃく》に障《さわ》った」

「……」

「虐待を司法が認めたから、多分そうなんだろう。児童虐待と不貞行為。それを親父は知らなかったし、あの頃は家庭を顧みもしなかった。俺たちは、取り残された」

「それで……どうしたんですか？」

黙って聞いてくれていた美穂が、そこで声を漏らした。下がった眉には、同情以上のものが感じられて──なんつーか、向こうの家庭も複雑そうだなと察せた。

「先生が頼りにならんくて、友達に聞いたんだ。なんか、大人っぽい雰囲気の。まあそいつもしょせん小学生ではあったんだけど……そういう時は弁護士だって言ってくれてさ」

そいつ自身、弁護士がどういう職業なのかまでは知らなかったけどな。

「べ、弁護士って言ったって……皇季さんが依頼できるはずないですよね？」

「ああ。だが俺はそんな常識さえ知らなかった。そもそも弁護士って生き物がどんなことをしてくれるのかすら知らないまま、近くの弁護士事務所にアポなしで突撃をかましまくった。ほぼ全部門前払いだったけど……一個だけ、話聞いてくれたんだよ」

今にして思えば……それが、俺とあの人たちの繋がりの始まりだ。

「子どもの悪戯《いたずら》だと思わず、子どもの大げさな誇張だとも思わず。親に癇癪《かんしゃく》起こしてるだけのガキだと思わず……唯一話を聞いてくれた。それがどんなに有難《ありがた》かったかは……まあ、あまり本人たちには言わねえけど。……今でも本当に、感謝してる」

マスターの店で、その弁護士と話をした。たまたま弁護士からの仕事を受けてたらしい探偵の昭利《あきとし》さんも合流して……母親の不貞の証拠を手に入れてくれたのは、昭利さんだ。

「その時……雪姫さんはどうしてたんですか？」

「俺の居ない間は、学校の友達に預けてた。一人で家に居させたら、何が起こるか分かったもんじゃなかったからな」

「……そう、ですか」

ゆるく首を振って、曖昧な表情の美穂。

「うん、すまん。こんな話してどんなリアクション取れって話だよな」

「いえ。……その頃から、皇季さんは皇季さんだったんだなって」

なんだそりゃ。困惑する俺に、美穂は小さく微笑《ほほえ》んで。

「皇季さん。きっと、つらい状況の雪姫さんをたくさん励ましたんじゃないですか。……貴方《あなた》自身も、同じようなつらい思いをしながら」

「……どうだったっけな」

実際、そこまで細かいことは覚えていない。必死だったってことだけが残ってる。

雪姫も、あまり記憶に残っていないだろう。だから聞かせたくなかった。

「たぶん、そうですよ。同じくらいしんどくても、笑って励ましてくれて。……自分のことなんか、二の次で。……だから」

うん、と一つ美穂は頷《うなず》いた。まるで何か、決心でもしたように。

「用事、でしたよね。あたしが皇季さん呼びに来た理由なんですが」

「あ、ああ。この流れで？」

まあ別に良《い》いけども。あまり長くしたい話でもないだろうし、俺もそうだし。

そうして、ふっと顔を上げると。美穂はポケットから二枚のチケットを手渡してくれた。

「これ、新宿の謎解きスポットのチケットなんですけど。差し上げます」

「うわマジっ……とと」

ちょっとテンション上がってあやうく眠り姫もとい眠り雪姫を起こすところである。

「良いのか？　誰かと行くつもりだったんじゃねえの？」

「まあ、そのつもりだったんですけど。部活が忙しい身でしてね。これでも全国常連校」

「そうでした、キャプテン殿」

「ふふっ。……もともと貰《もら》い物《もの》ですから。だから、皇季さん」

後ろ手を組んで、優しい瞳で、美穂《みほ》は言う。

「雪姫さんと二人で行ってきてください。昨日の喧嘩《けんか》と言い、この状況と言い……やっぱり普通じゃないのでわ??」

冗談めかしたその言葉。なんつーか、よく見えてるというか。おかしいな、美穂にかなわないなんて思うことがあるとは。

「そのためにわざわざ来てくれたのか。……ありがとな」

「いえいえ」

小さく首を振って、それからちらっと、幸せそうに眠る雪姫を見て。

「まあ……可愛《かわい》い妹のポジションは譲りますヨ?」

「なんだそりゃ。かっこいい妹目指してんのか」

「さて、どーでしょう」

壁時計を見上げれば、もう時刻は九時半。

「じゃあ、あたしと未桜は部活行ってきます。皇季さんたちも楽しんで」

「ああ、そうだな。思い立ったらって感じだし、俺たちも今日行ってくるわ」

元から今日は、雪姫に時間割こうと思ってたしな。渡りに船だ。

「はいっ。それでは」

そう言って部屋を出ていく美穂が、ふと後ろ手で扉を閉めようとして立ち止まる。

「どした？」

「いえ。そうですね。あまり言えることのないあたしから、一個だけ」

そういえば美穂は言っていた。自分から雪姫のことについて話すのは、人としてどうかと思うだなんて重たいことを。そんな彼女は、振り返ることもなく。

「少なくともあたしも――あなたの大事なものはもう、増やしたくないですね」

ぱたん、と閉じるその扉。

あたし〝も〟。それはまるで、別の人間がそう思っているようで。

見下ろした雪姫が、相変わらずぐっすりと寝息を立てていた。

† † †

「デートだよお兄ちゃん！」

「あ、これはデートなのね」

春休み期間ってこともあってそこそこ電車は混雑していて、新宿駅に着く頃にはそこそこ以上に満員だった。ただ、新宿に着くなりわーっと人が降りたので、流れに乗るだけで済んだのは助かるところ。

振り返れば、ホームで待っていた人々がわーっと乗り込んでいったので、流石《さすが》は乗降客数世界ナンバーワンの街だと感心した。

「えっと、とりあえず出口って書いてあるの」

「待った待った」

「？」

ホームからの上りエレベーターに向かおうとする雪姫を止める。

新宿駅は魔境である。ホームからの出方ひとつ間違えるだけで、目的地から大幅に遠ざかってしまうと言っても過言ではない。

「降りる出口を探すぞ。こっからだと地下通っていくのが一番早い」

「そんなに違うの……？」

「違う」

よく昭利さんに意地悪されたもんだ。毎回違う出口を待ち合わせ場所にされて、必死こいて探してたんだ俺は。

その経験が生きたと思えば……いややっぱ許さねえわあのおっさん。

「ん、分かった。ついてく」

「よし、おいで」

はぐれたりしたら地獄である。

雪姫の手を取って、地下に向けての道を歩き出した。

「♪」

上機嫌に俺の手をぶんぶん振りながら、雪姫は隣をとことこ歩く。

でも、意外と歩幅を合わせる必要はなかった。

これも昔に比べて成長したということなんだろう。

しばらく一緒に歩いていなかったことでもありつつ……。

「どしたの、お兄ちゃん」

「いや」

今日の雪姫の服装は、昔のものを掘り出してきたようなものとは違った。

黒地のフレアミニスカートに、可愛らしいパンプス。

間に伸びる白い足は、雪姫の名の通り真っ白で——そしてすらっと長くなっていた。

上着も柔らかな印象を与えるブラウスで、身体《からだ》のラインがはっきり出ている。

なんというか、女性らしい丸みを帯びている。

隣を歩く妹は、本当に大人になったんだな、と改めて実感した。

下げているシルバーのポシェットも、なんだか大人っぽい。

「ね、お兄ちゃん」

「ん？」

俺を見上げる雪姫の瞳。

「どうして急に連れてきてくれたの？」

その問いには、少し考えてこう答えた。

「美穂とも出かけたしな。雪姫に寂しい思いをさせた埋め合わせでどうだろう」

「そっか♪」

笑顔で頷く雪姫だった。

昨日のこともあるし、雪姫の気持ちをないがしろにはしたくない。

いったんは諸々を忘れて、今日を雪姫のために使いたいのは本当だ。

美穂から貰ったことはあとで言おう。

今日が楽しかったなら、その機会を作ってくれた美穂に対しても……不仲解消のきっかけになってくれればと思うばかりだ。

「じゃあさ……お兄ちゃん」

きゅっと、繋《つな》がれた手の力が強まる。

「今日だけはまた……わたしだけのお兄ちゃんで居てくれる？」

「……そうだな、そうしよう」

「うん！」

甘えた盛りにお兄ちゃん離れをしようとした反動か。

俺は一向にかまわなかった。

† † †

さて、謎解きである。

ここ数年けっこう俺の周りでも流行《はや》っていて、テレビなんかでも芸能人がチャレンジしているとかなんとか。

バラエティでやりそうなことを自分たちも出来るってんで、楽しめる場所だとは聞いている。

美穂がくれたチケットによると、どうやらそのビルの中を色々巡って、貰ったパンフレットの謎を解き進めていくという方式らしかった。

「分かったお兄ちゃん！　次たぶんあっち！」

そしてうちの妹は自慢じゃないがとても賢い。

俺が何もせずともあれこれと謎を解き、次のブースへと進んでいく。

「おいおい天才かよ」

「妹天才かも！」

うっきうきでぱたぱた移動する雪姫。走らないようにだけ注意しつつ、階段やエレベーターを使って上へ下へ。

単なるビルをここまでのアミューズメント施設にしてしまうこの場所も本当に凄《すご》いと思いつつ、俺は雪姫の笑顔を見ているだけで割と満足していた。

タイムリミットがあって急《せ》かされるわけでもないし、待ち時間のようなものも特に存在せず……俺の知っている行楽施設とはまた雰囲気が違った楽しさ。

雪姫も相性がいいようで何よりだ。

「うーん」

備え付けのテーブルの上にテキストを広げ、うんうん唸《うな》っている雪姫。

そこそこステップも進んできて、残りページ数を見る限りそこそこ終盤だろうか。

「どうした天才」

「いや、ちょ、ちょっと待って。だいじょうぶひとりで解ける」

わたわたとそう言って頑張ろうとする雪姫は大変可愛らしい。

昔はよく泣きついてきたような気もするけど、それも変化なのだろうか。

「俺がやろうか？」

「いい！　妹がやる！」

意地になるところも可愛いが、べつに奪ったりはしないんだから抱え込まなくてもいいんじゃないか。

「3、2、1」

「やめて！　意地悪しないで！」

勉強を見てやりながら、こんなこともよくやったっけな。

ちらっと見ると、手元の素材でどうにか新しい謎の情報に辿《たど》り着《つ》こうとしている様子。

メタ的に見た感じ、こういうのってこれまでのテキストに伏線がありそうだが。

そんなことを思いながらぺらぺらとページをさかのぼっていると、見つけた。

はー、よくできてるわー……すげえ……。これがこうなるのねえ……。

「…………お兄ちゃん」

なんだか恨みがましい視線が俺を刺す。

「どうした妹よ」

「存在がネタバレなの」

視線は俺のテキストに向いていた。なるほど確かに、さかのぼって感嘆してりゃバレるか……バレるか？

「う～～～！」

「ごめんって。ほら、こういうのってふたりで解くもんだから。な？」

「………………どーせお兄ちゃんは全部分かってるくせに」

「そんなことはない」

「それは妹が解いてる時なんもしてないからだ！」

そんなことは……ない。

「そうふてくされるなって」

誤魔化すように頭をわしゃわしゃやった。

「わー！　やめろー！　髪型崩れるー！」

「鳥の巣みたいにしてやる」

「ガチのやつじゃん！　やめろー！」

きゃー、と悲鳴を上げる雪姫。

やめろやめろと言いつつ無抵抗である。

単なるじゃれ合いになってきたところで、誤魔化したことが筒抜けなのか、唇を尖《とが》らせたまま雪姫は言った。

「じゃあ……ちゃんとふたりでやってよ」

「ん？」

「お兄ちゃんと一緒にやるなら……許す」

「ふむ」

俺は妹に許されたい。

「分かった、じゃあそうしよう」

「ん」

肯定していただけたので、改めて見つけたヒントだけ共有する。

「ほいでは、これじゃね？」

「あ！」

そうなったらあとは早かった。

ぱぱぱっとヒントをもとに解き明かして、満面の笑みでテキストを見せてくる。

「できた！」

「お、天才が帰ってきたな！」

「まーね！　でも甘やかすな！」

「？」

「一緒にやるの！」

「分かった分かった」

「分かってなさそー」

むー、とむくれつつ。とはいえ、俺に妹を甘やかさないなんてことはそうそう出来ない。

ましてや久々に雪姫と遊んでいると言ってもいいのだ。

難しい問題に直面してしまったと思いつつ。

「それじゃあ場所が分かったから、ほら行こ！」

きゅっと当たり前のように手を繋いで。

ヒントをもとに、別の場所へ。

「♪」

俺と一緒に、か。

……悪くないな。

† † †

「うーん」

たぶんこれが最後の謎だなー、というところまできて。

頑張って解く雪姫の姿を微笑《ほほえ》ましく見守りつつ、かといって一緒に解くというミッションを忘れないよう俺もあれこれと考える。

でも俺が考えるとなんか別の方向行っちゃうんだよな。

出題の一言一句、その並び、あからさますぎないようにカモフラージュされた、ヒントの数々。これはどうやって作ったんだろう。どうやって見直ししているんだろう。

これをリリースするまでにどれだけの知恵を絞ったのだろうと、なんか出題者に対する尊敬ばっかり出てきてしまう。

「お兄ちゃん、考えてる？」

「考えてるぞー。凄いなこれ」

「ん？　うん……そう、だね？」

小首をかしげてテキストに戻る雪姫。

と、あー俺分かったかもしれない。

はー、ここから引っ張ってくるんだ、うわ出題者すげー！　謎解きおもしれー！

「お兄ちゃん？」

「謎解きめっちゃ面白ぇな‼」

「なんかよくわかんないけど急にハマり出した⁉」

っとと、いかんいかん。

「いや、雪姫。これがたぶんさ」

「！」

問題の箇所を見せるや否《いな》や、すぐさま雪姫も分かったようで。

「あ、これこうなるんだー！　できたかも！」

わー、と感動したように鉛筆を走らせる雪姫。

きらきら輝く楽しそうな笑顔は、昔となんら変わらない。

「よし、できたら提出しに行くか！」

「うん！」

そして俺たちは、めでたく謎解きゲームをクリアすることができた。

† † †

いやー、楽しかった。

他にも色んな謎解きがあったが、ちょっと値が張ったのでまた今度にして。

俺と雪姫はふたりで外を歩んでいた。

せっかく新宿に来たので、御苑《ぎょえん》のあたりを散歩でもしようかということになり、景色の良《い》い堀の周りをぐるっと。

「いやー、楽しかったな」

改めての感想を口にすると、ご機嫌ながらもじゃれるように雪姫が俺を肩でどつく。

「もー、あのネタバレはダメだよお兄ちゃん」

「ごめんて」

手は繋《つな》がれたままに、ぶつかっては離れて。

なんとも久々に感じる穏やかな時間。

からかっては怒られて。そんな些細《ささい》な妹とのじゃれ合いが、俺にとっては幸せだった。

「でも……うん、楽しかったの。ありがとね、お兄ちゃん」

「ああ」

雪姫が満足できたのなら、それに越したことはない。

でもまあ、この辺りが頃合いかもしれないな。

「……今回のチケット、美穂《みほ》がくれたんだよ」

「えっ？」

と、少し驚いたようにして、ほんの少し表情が曇った。

「なんで」

「俺と雪姫で楽しんできてほしいってさ」

「そう、なんだ……」

少し沈黙。水鳥の鳴く声が響いた。

「どうだろう。仲直りのきっかけになったりしない？」

「……」

雪姫は少し、難しい表情。

「お兄ちゃん」

「ん？」

「……別に、喧嘩《けんか》ってわけじゃないんだ。深倉さんとは」

「そうなのか？」

こくんと雪姫は頷《うなず》いて。

ゆっくりだった歩みをことさら緩めて、ぽつぽつと。

「お兄ちゃんをそれで困らせたいわけでもない」

「……」

そう言ってくれるのは嬉《うれ》しいが。

「わたしね」

ぽつりと、雪姫は零《こぼ》すようにしてから、きゅっと繋がれた手の力がまた強まった。

意を決したように、彼女は言う。

「……お兄ちゃんと深倉《ふかくら》さんの間に何があったか……知ってるの」

「！」

マジか。

……あー……そうか、そういうことか。

それで、お前は。

「まあ最初は喧嘩ばっかりだったよ」

「ううん、それだけじゃない。……お兄ちゃんが怪我《けが》をおして、深倉さん助けたことも」

マジか。

「……あの頃、雪姫は俺のこと全然見てないと思ってたんだけどな」

困った。

「……見てたよ。お兄ちゃんのことだもん。……わたしは、えせ反抗期だもん」

「そうか……」

「だから……だから、その深倉さんが、お兄ちゃんにくっついてるのが嫌なの」

「……そうか」

参ったな。完全に俺の失態じゃないか。

「……そういう困った顔するだろうなって思って、言えなかった」

力なく、雪姫も微笑んだ。

そうか。……うーん、お兄ちゃん失格だな……。

結局のところ、全部俺を思って雪姫は。

「昨日の夜も、そんな感じ？」

「うん……」

雪姫が怒ったのは、それが理由か。

「……」

「迷惑かけたな。ごめん」

「謝らないで。お兄ちゃんは悪くないもん」

「でも俺のせいじゃん？」

そう言うと、雪姫は小さく唇を噛《か》んだ。

「それだよ」

「雪姫？」

「お兄ちゃんはさ。大事なものは全部自分だけでどうにかしようとするんだ」

「……それはまあ、お兄ちゃんだから」

「そんなことない」

ぱっと、手が離されて。

「そんなことないよ、お兄ちゃん。……昔から、そうだよ」

「……」

「だから……だから」

離された手。雪姫は自分の手をそっと押さえるようにして。

「だからわたしは……えせ反抗期だったし。お兄ちゃんの大事なものから外れたかった」

「……でも、美穂と未桜が増えたから……だから、意味ないって言ったのか？」

こくんと頷く雪姫。

俺は雪姫を、随分と悩ませてしまっていた。

「ごめんな」

そう言って、俺は雪姫を抱きすくめた。

「お兄ちゃん……」

「ごめんな。隠し通せると思った俺が、ダメだったな」

「……謝ってほしいわけじゃないのに」

「俺だって、雪姫にこんな顔させたくてやってたわけじゃない」

「……そっか」

どうすりゃ良かったんだろうな。

そう思う俺に、雪姫は胸元でぽつりと言った。

「深倉さんのことだけどさ」

「ん、ああ」

雪姫の方から美穂の名前を出すとは思わなくて、少し驚く。

「……どういうつもりだったのか、ちゃんと聞いてもいいのかな」

「美穂に？」

「そうだな。たぶん、悪いようにはならないと思うよ。俺は、あいつのことも信じてる」

「……そっか。やだなあ」

苦笑い、といった感じに、雪姫は笑った。

「ねえ、お兄ちゃん」

「ん？」

「今、何かしてるんでしょ？」

「なにか……」

「お兄ちゃんが何してるかは、よく分からないけど。でも、何かしてることくらい分かるよ。分かるんだ」

それは、実佳《みか》さんのことを探っている話だろうか。

少し迷った。ただ、今のまっすぐな雪姫の目を見て、隠すこともできなかった。

「もし、そうだとして……どうした？」

そう言うと、改めて。

そっと雪姫は俺から離れて、言った。

「わたしね、お兄ちゃん。——居て良かった妹になりたい」

「うん……」

「そんなの――」

「そんなのいつだってそう。お兄ちゃんはそう言う。でも、わたしはそうは思わない。いつもお兄ちゃんに全部やってもらって……守ってもらって。お兄ちゃんだけが頑張ってて、昔も……いっぱい庇《かば》ってくれた」

「……それも、覚えて」

「だからね。居て良かった妹になれないなら……わたし、反抗期に戻る」

「っ……」

思いつめさせてしまっていた。

俺がひとりでやろうとしていたことが、雪姫を追い詰めてしまっていた。

結局俺は、昭利《あきとし》さんや、俺を世話してくれた人たちにはなりきれなかったってことだ。

全部ひとりでやって、……その結果として穴ができてしまった。

俺自身にしか影響がないと思って目を瞑《つぶ》っていたことが――見透かされてしまっては、意味がない。

「……ごめんな、雪姫」

「っ」

「……ありがとう」

「……お兄ちゃん？」

もう二度と、雪姫に背を向けさせたりはしない。

もう一度、俺は雪姫を抱きしめた。

「──俺を手伝ってくれないか？」

「えっ……？」

「ずっと、隠してきた。俺のやっていることは全部雪姫を悲しませたくないからで、雪姫には何も言わなかった。傷つけたくないし、要らない心配もしてほしくないから」

呆《ほう》ける雪姫の涙をそっと拭う。

「でも、俺が思ってた以上に、雪姫はさ。見た目は昔に戻しても、成長した雪姫だったから。だから……もし、もしだ。雪姫」

「うん……うん、なに……？」

ほんのわずかな期待が浮かぶ瞳。揺れて、潤んで。

「もし、雪姫が頑張ってくれるなら。少し──助けてほしい」

「やる！！！！！！」

うおびっくりした。顔を見れば、強張《こわば》って、それでも絶対に譲らないとばかりに頑固な表情。子どもの頃のようで、決してかつてのままではない、大人になった女の子の顔。

「お兄ちゃんのお荷物でいたくない！　役に立ちたい……ちゃんと……ちゃんと妹が良い……！　わたし、居て良かった妹になりたいの……！」

「ああ、分かった」

まさか。……まさか、雪姫自身にこういう話をする時が来るとはなぁ。

「わたし、きっと使えるから！　お兄ちゃんの役に立つ妹になるから……！」

「ありがとな。……ちょっと言い方気を付けよっか」

なんかすごく外聞が悪い気がする。お前の言い方だと。

目元を拭う雪姫を見下ろして、小さく息を吐《つ》く。

ふと見ると、気づけば美しい朱色の世界が広がっていた。

†　†　†

「……そっか。お義母《かあ》さんが」

「もうお義母さんって呼んでたか」

帰り道。俺はこれまで俺が考えていたことを雪姫に話した。

実佳さんの経歴の謎と、美穂《みほ》未桜姉妹に探りを入れていたこと。それから、親父《おやじ》にはその話をしていないこと。

「パパは、何も言ってなかったの?」

「親父も仕事については知らんみたいだ。それをあまり突き詰めるのも気分が良くないだろうから、それ以上はつついてない」

「そうなの……」

もう家族でトラブルは御免だ。そう思ってしていたことに、雪姫も納得してくれて。

「お兄ちゃん、またやっぱり色々してたのね」

「そんなに危ない橋渡ってるわけじゃないよ。昭利さん……探偵に頼り切りだ」

「でもそのお金、お兄ちゃんが背負うんでしょ?」

「そういう言い方すれば、そうなるけども」

単に借金すんのと、出世払いを許容して貰《もら》うってのとはだいぶ話が違う気もするけど。

信じ切ってるわけじゃないにせよ、人生の恩人には変わりない。

「でも、大丈夫。お兄ちゃん」

「ん?」

顔を上げて、雪姫は笑った。

「任せて。わたし、役に立つ妹なの。お兄ちゃんに出来ないやり方で、お義母さんから話、聞いてみるの！」

ぐ、とその小さな手を握る彼女に目をやる。自信とやる気に満《み》ち溢《あふ》れた表情は、なんとも頼り甲斐《がい》があって。できるのか、と問うことすら野暮に思えた。

「――分かった、期待してる」

「っ……うん！」

期待してる。そのたった一言でここまで嬉《うれ》しそうな笑顔を見せられては、なんとも。

俺も、昨日の昭利さんの連絡からあれこれ考えていたこともあるし……そうだな。

雪姫との誤解も解けて、美穂と雪姫の事情も分かって。

あとは実佳さんの問題だけ。さあ、そろそろ蹴りをつけようか。

『新着メール一件：昭利さん』

新しい一戸瀬家の形

「はー……マジ死ぬかと思ったぜ……」

「あ、そう……」

あれから数日。俺はこの前美穂と一緒に来た、例の喫茶店に足を運んでいた。

先に待っていたのは、お世辞にも身ぎれいとは言えない擦れたコートのおっさん——もといお兄さんこと昭利さん。もう三十になるっつってたな。俺が初めて会った時が確か二十二とかだったはずだし。

「ぶっちゃけ進展はゼロというか……逆に言うとそれが進展というか」

「探偵が自分からそれ言うとマジで信用ゼロだな」

「はっはー、言って良いことと悪いことがあるんだぜこーちゃん」

ふん、と鼻を鳴らす昭利さん。からかいはしたが、実際は昭利さんの言葉のままが正しい事実だ。進展が無いことが進展。

「まったく、俺の尾行がバレるたぁねぇ……」

やれやれ、とくたびれたハットの鍔《つば》を弄《いじ》る昭利さん。髭《ひげ》も剃《そ》らねえわ帽子へろへろだわコート擦れてるわ、逆にどうしたらモテるんだこの男。結婚願望とか嘘《うそ》だろ。

「でも無事で良かったわ」

「それな！　ははっ、俺の長年の経験が活《い》きたってわけよ」

へらへら笑う昭利さんの手元に、その時コーヒーが置かれて。

「まだまだ若造だろうが」

「あちょ、マスター⁉　俺ももうこの道八年よ⁉」

「なら私は三十年だ」

「年齢マウントは卑怯《ひきょう》っしょ！」

愉快だなーこの人たち。マスターの背中を見送って、俺も貰ったカフェオレに砂糖を投下する。……しかし昭利さんが捕まりかけたって話はビビった。

「警察が来たってことか？」

「ああ。んでまあなんつーか……警察から睨《にら》まれる側の人間じゃあ、なさそうだ」

「そうか……」

実佳さんを、あっさり警察が守った。昭利さんを追い払う形で。

「わりいなこーちゃん。これ以上踏み込むのは流石《さすが》にヤバそうだ」

「……でもそうすると、さっき言ってた通りか」

「ああ多分……それが答えだろうよ」

おおよそ、俺と昭利さんの頭の中でだいたい予測が固まっていく。

実佳《みか》さんが、どういう人間なのか。進展がないのが、ある種の進展。

「とはいえ確証はない、か」

「そうだな。そのくらいはテメエでどうにかしてみろよ、こーちゃん」

「……ああ」

頷《うなず》いて、カフェオレを一口。

これ以降は、きっと実佳さんに直接事情を問うしかないだろう。でも、そうしても関係が壊れないかもしれない……九割五分くらいは、確信できた。

「……にしてもこーちゃん、少し機嫌良さそうじゃねえの」

「そう見える?」

片眉を上げて答えれば、昭利さんは愉快そうに笑った。

「ああ。俺にこの依頼してきた時は、まあ相変わらず疲れる生き方してんなーと思ってたけどよ。存外、良い同居だったんじゃねーの?」

そう言われると……そうかもしれない。

「少なくとも、否定は出来ないかな」

美穂と未桜《みお》にまた会えたことを、今の俺は素直に喜ぶことが出来ている。

美穂に助けられたのは事実だし、未桜のおかげで省みることもあった。

そしてそもそもこの同居の話がなかったら、雪姫《ゆき》とも拗《こじ》れたままだった。

親父の幸せを願っている。この先も一戸瀬《ひととせ》家の安泰を祈っている。そうする上で、もう少なくとも美穂と未桜との同居は、本当に無くてはならないものだった。

あとは、実佳さんだけだ。

「でも、そうだな」

「ん？」

いつかもこうして助けられた、正面のくたびれたおっさん……ぎりぎりお兄さんを見据えて思う。この人もまた、兄の居ない俺にとっての、兄貴みたいなもので。

「ありがとう、昭利《あきとし》さん。おかげで、良い同居だったたって言えるよ」

「ほーん？」

よく分からねえが、と前置きして。

「ま、出世払いの報酬は、期待させて貰おうかな」

そう、いつものように楽しそうに笑った。

†　†　†

「ただいまー」

玄関扉を開いて第一声。新居でのこの台詞《せりふ》にも、案外違和感がなくなってきた。

慣れってことなのかね、これも。

「おかえりなさい、皇季《こうき》さん」

「……おう」

前言撤回。ひょこっと顔出して笑ってくれた美穂への返事が、微妙な間を作ってしまった。なんとなく美穂も困ったような顔をしているあたり、やはり慣れは遠いらしい。

「今日は部活終わりも早かったのか？」

「いつも通りですよ。あたしもちょうど今帰ってきたところで」

あはは、と微笑《ほほえ》む彼女。とはいえ、既に室内着だ。

「お、じゃあ風呂《ふろ》空いてたりする？　それとも未桜が入ってるかな？」

「あー……それがですね……」

なんだろうか。曖昧な笑みを浮かべる美穂に、俺も少し首を傾《かし》げた。

するると、風呂の方から何やら甲高い声がする。楽しそうなものと、あと……悲鳴？

「え、どういうこと？」

「お母さんと……雪姫です」

「なんて？？？」

「一緒にお風呂入って親交を深めるとか……雪姫は多分、結構勇気出して歩み寄ってくれた感じだったんですけど。……お母さん喜んじゃって凄《すご》い勢いで誘拐されました」

「誘拐」

俺の居ない間に凄いことになっているようだ。

今日は実佳さんが帰ってくる日ともあって、話の場を設けたいと思っていたわけだが。

雪姫の方から、親交を深めるために誘ったとなると。

なるほど確かにそれは、俺には出来ないやり方だ。ははっ。

「皇季さん？　え、そんなツボる？」

「ああいや、悪い。でも笑えるんだなこれが」

結果がどうあれ、俺に出来ないことをしてくれている雪姫。

あんまりあっさりと予想の上をいかれたものだから、なんというか俺は今まで良《い》い道化だったなとも思うわけだ。最初からこうすることが出来ていれば、なんてな。

「ってことは、あれか。美穂《みほ》も風呂待ちか？」

「あ、はい……あ、いえ‼」

「？」

なんか身構える美穂。

「ちゃ、ちゃんと部活後はシャワー浴びて帰ってきましたから！　お風呂はその、仕上げと言いますか！　だからその、臭くはないはずです！」

「別にそんな心配してないよ……昔から、シャワー浴びたのに！　って文句言いながら一対一してたじゃん？」

「あ、あー……そんなこともあったよーな無かったよーな……」

思い出したくなきゃ良いけども。

「いずれにせよ、美穂のこと臭うと思ったことは一度もないよ。なんならプレー中もな。ってかそれこそ一対一の時は身体《からだ》近いなんてレベルじゃ――」

「わー！　わー！　バスケやる時は真剣勝負ですからぁ！」

「分かった分かった」

ひとまず美穂も風呂空くの待ってるってことが分かっただけで良いんだ。

きゃいのきゃいのと声がやまないことを考えるとしばらくかかりそうだが、そうだな。

……お茶でも入れるか。

「美穂、緑茶で良い？」

「あっ、皇季さん皇季さん待ってください」

キッチンに入ろうとすると、ぱたぱたと追いかけてくる美穂。キッチンの床にあった買い物袋から、何やら取り出すと。

「皇季さん、甘いもの好きでしたよね。粉のココア買ってきちゃいました！」

「マジか……そんな贅沢《ぜいたく》を」

「贅沢⁉」

いや、だって、ねえ？　お茶と水以外の飲み物はだいたい贅沢みたいな家庭で育ってきたもので。緑茶だって葉っぱで買ってきて長く使えるやつですよ。

しかしココアか……良いね。夕方にゆっくりココア。素晴らしい。

「ありがとう、美穂」

「なんか万感籠ってません⁉　ちょっと怖い……！」

美穂の家にあったという電気ケトルでお湯を沸かして、二人でココアをマグに入れて。

それからリビングに戻って、対面のソファに二人で腰かける。

「……えへへ。なんか、良いですね」

「そうだな」

ゆったりした雰囲気の時間を、可愛《かわい》い女の子と共有する。確かに、良いものだ。

「うん、これは美味《おい》しい」

「このメーカーがおすすめですヨ？」

「参考にしよう」

頷きあって、マグカップを傾けて。お風呂場の方からの姦《かしま》しい声もなんとなく収まり、外は時折車が通りすぎる音がする。十七時を示す鐘が、静かに町全体に響いていく。

「……この前は、ありがとうな」

「えっ？　……ああ、謎解きですか？」

頷く。美穂にチケット貰《もら》えたおかげで、あんなに楽しくて、大事な時間になった。

「本当に感謝してる。雪姫とも、結構話せたんだ」

「そうですか。……ふふ。なんとですね皇季さん」

「うん？」

「全部知ってたりしますっ」

「は？」

どういうことだ？

ふっふっふ、と何やら溜《た》めるような笑み。いたずらっぽいその表情は確かに、快活な彼女にはよく似合うものだけれど。

「……あの日、帰ってきた雪姫があたしの部屋来たんですよ」

天井を見上げて、美穂は思い出すように目を細めた。

「ちょっとびっくりしました。あの雪姫が、急に謝るものだから。あたしに、あの子から謝られるようなことなんて一つもないんですけどね。でも……皇季さんと同じように、チケットのことでお礼も言ってくれました」

「そう、か」

ちゃんと言えたんだな。……雪姫がどうして美穂に対してけんか腰だったのか分かった今、二人がちゃんと話せているというだけで嬉《うれ》しいことではあるけれど。

……けどその話、俺は雪姫から何も聞いてないな……なぜ……。

「ん？　あれ？　ちょっと待った美穂」

「はい、待ちますヨ？」

ふふ、と相変わらず楽し気な美穂。

「……全部知ってる、とはならんくない？」

「気づきましたね皇季さん。ええ、ちゃんと雪姫から全部聞きましたとも」

「まーじか……」

さて、どこまでを全部と言ったのか。いやまあ、雪姫との話に限って言えば、究極全部知られてても大丈夫ではあるんだが……。

「あたしに対して思ってたことも、雪姫自身が思ってたことも。……まあなんといいますか、この前皇季さんに言った通り、予想通りで……あたしには言えないことでした」

「……そうか」

一瞬伏せた目が、両手で包み込むココアに落とされて。それから美穂はもう一度顔を上げて、笑った。

「まー、一部皇季さんには絶対言えない話もあったんですが！」

「おいなんだそれ。雪姫と美穂だけ⁉」

「そうでーっす！」

なんてこった、一戸瀬定食……俺抜き……。

えへへ、と。歌うように。ったく、なに考えてるんだか。

まあ良いか。俺も俺で、未桜と隠し事できちまったし。

「……何考えてるんですか皇季さん」

「俺は未桜と仲良くしようかなって」

「そういうのよくないと思います！」

「どういうことだよ……」

知らんうちに美穂は雪姫のこと呼び捨てにしてるし、絶対なんかあったじゃんこれ。

「美穂」

「はい？」

「……ありがとな。雪姫のことも」

伝えたのは正直な気持ちだった。雪姫と美穂の距離が縮まったなら、それは雪姫だけの歩み寄りではない。もとから美穂が、雪姫のことを嫌わないでくれていたからで。

そう言うと、少し目を丸くして。それから、ちょっと照れを隠すように片目を閉じた。

「いえ。言ったじゃないですか。可愛い妹のポジションは譲りますって」

「そっか。じゃあ、かっこよかった」

「ふふ。……ま、今はそれでいいですヨ」

そうして、二人笑い合っていると。ちょうど脱衣所の扉が開いて、どやどやと出てくる湯上り姿の二人。雪姫と実佳《みか》さん。うちで一番小さい二人組である。

実佳さん百五十前後しかないんじゃないか……？

「あ、皇季くん。帰ってたのね」

「ええ。その……お楽しみだったようで？」

「ふふ……そうね。少し恥ずかしいこともあったけど」

「はあ……」

なんの話やねん、と呆《あき》れつつ。ちらりと実佳さんの後ろで荒い息を整えている雪姫に目をやった。風呂《ふろ》の後の呼吸じゃねえ。

「あ……お兄ちゃん……おかえり……」

「無事か？」

「生きてるよ……妹、生きてるよ……」

「そ、そうか」

いや、そうだな。役に立つ云々《うんぬん》より、圧倒的に生きていることが大事だぞ、雪姫。

そんな風に思っていると。雪姫が、ちょいちょいと後ろから実佳さんをつついた。

「ね、お義母《かあ》さん」

「なあに？」

「あれ、言っても良い？」

「ええ!?」

はてさて、形勢逆転と見たが何だろうな。仲良きことは美しきかな、とぼんやり眺めていたわけだけども、なにやら腹に一物抱えているらしい。

俺の方をちらっと見て、雪姫は嬉しそうに笑った。

「――あのラブレター、お義母さんのなんだって！」

「ちょ、雪姫ちゃん！」

ラブレター……ラブレター!?　あれか！

一戸瀬先輩へ、と書かれたあのラブレター。出所については未《いま》だに不明で、一旦放置していたものだ。俺に向けられたものか、ワンチャン雪姫宛か。そんな風に思っていたあの手紙は、一応宛名を探したんだがどこにも無かった。

しかしこの実佳さんの照れようは……そういう、ことか。

「……ひょっとして、学生時代からの知り合いなんですか？」

これあれか。深倉《ふかくら》実佳の経歴が分からない以上、結婚する前の旧姓なんてもっと分からなかった。だから苗字《みようじ》も異なる彼女の過去が、昭利《あきとし》さんにも摑《つか》めなかった、と。

いや、でもそんなことあるか？　昭利さんの腕なら――。

「あ、ううん。学校どころか学区も全然。ただ、公節先輩――あなたたちのお父さんがね、結構有名な選手で、ファンも多かったというか。私もその一人だったというか」

分かるかーい！　ほぼ接点なんか見出《みいだ》せねえじゃねえか！

「でも、何度かお話は出来て、それで。ば、バレンタインの時に渡した手紙だと思うわ」

……ふぅ。なるほどな。

隣でココアを傾けていた美穂《みほ》が、少し考えて聞いた。

「お母さん、学生時代の憧れの先輩とくっついたってコト？」

「そ、そういうことになるかしらね」

ちょっと照れくさげに、実佳さんは微笑《ほほえ》んだ。その背後からふっと顔を出した雪姫が、
美穂に半眼を向けて言う。

「美穂はそうはならないから安心するの」

「どういう意味ですかね⁉」

「お義母さんは色々あった末に奇跡的に再会してっていう素敵な経緯なの。そんな奇跡、
二度と起きるはずないってお義母さんも言ってたの」

「お義母さん⁉」

「え、ええ。それくらい嬉しかったけれど……」

そう言って一瞬言葉を途切れさせ、ココアの入ったマグカップを抱えたままの俺と美穂
を交互に見て、実佳さんは口元を押さえた。

「あら……あらあらあらあら。そういうこと？」

「いや、そうはならねえだろ」

俺案件っぽくなるのはばっさり否定しておいた。居心地悪くなるからやめろや。

ってーか、美穂そういや年上が好きとか言ってたな。なんだ、やっぱいるんじゃん。

美穂の悩みも、本当はその人とちゃんと付き合えればうまくいくんだろうな。

「そうそう。ただの先輩後輩ならともかく、兄妹《きょうだい》でそんなことになるはずないの」

「ゆ、雪姫……！　この過剰ブラコン女……！」

「悪いけど、恩とこれは別だから」

何やらぎゃーぎゃーと雪姫と美穂が喧嘩《けんか》を始めてはいるものの、険悪って感じでもない。

息を吐いて、俺は実佳さんに向き直った。

「……実佳さん」

「なあに、皇季くん」

一度目を閉じて、思う。確かに過去の経歴に関しては、まだ不透明なところの多い人だけど。んで俺は、そうした事実ばかりに目がいっていたけれど。

雪姫は全然違う感情にアプローチして、それでいて俺の欲しい答えの一つを持ち帰ってくれた。

「……ずっと前から好きだったんすか、親父《おやじ》のこと」

「ちょっ……や、やーねえ！　あんまり親のそういうことって聞きたがらないものじゃあないの⁉　みんなして、男の子の皇季くんまで」

「あはは。まあ、どうでしょうね」

どんな状況であれ。実佳さんが、親父のことが好きで結婚したのは真実。

それがどれだけ俺を安心させてくれるか、きっとこの人は分からないだろうけれど。

「――答えられない質問なら、そう言ってくれて構いません」

まっすぐ前を向いて、実佳さんを見据えて言う。

「普段、どんな仕事をしてるんですか？」

「皇季くん……あなた」

これ聞いて、拗《こじ》れたら家族が終わる。そう思って、直接聞くのは最終手段にしていた。

でも、昭利さんや雪姫のおかげで、きっともう大丈夫だ。

「……そうね」

緩く微笑んだ実佳さんは、少し申し訳なさそうに首を振った。

「答えられないわ」

「そっすか。じゃ、もう一個だけ」

俺の予想が正しければ、これもまた否定されるはずだ。

昭利さんが、尾行で捕まりかけたこと。その経緯。

「……美穂や未桜と一緒に撮った写真、ありますか？」

そう言うと、今度こそ実佳さんは目を丸くして。それから、ふふふ、と楽しそうに笑って、目元を拭った。それから俺の方に向き直ると、やはりもう一度首を振った。

そして。

「あなたはきっと、私と同じ仕事も向いていると思うわ」

「……それは、ちょっと光栄すぎてお世辞にしか聞こえませんね」

肩を竦《すく》めて、確信した。家族と撮った写真すら存在しない彼女の職業。

それは——公安警察だ。警察の、さらに一握り。所属している人間の情報が、国によって隠蔽されている組織。

立派すぎる職業で、逆に探りを入れたことが申し訳なくなるくらいの話。

「うん……うん。良かった。本当に、良かった」

ほっとした。

そう、一人胸をなでおろしていると、実佳さんはいたずらっぽく微笑む。それが結構、美穂に似ていて親子の絆《きずな》を感じさせて。

「じゃあそろそろ、お義母さんって呼んでくれてもいいのよ？」

「はっ……はは」

うん、全部見抜かれましたね。これまでの全部。この目は多分、そういうことだ。もう試験は合格でしょ？　と言わんばかりの笑顔である。参りました。

「……ああ、これから宜《よろ》しく、義母さん」

「ええっ」

楽し気に微笑む実佳さんに、かなわないなと肩を落とす俺だった。

「ねね、お兄ちゃん」

と、そこにひょこっと顔を出す雪姫。美穂はどうしたのかと思えば、何やら打ちひしがれている。よく分からんが喧嘩負けたんかお前。

ともあれ。この雪姫の誇らしげな表情は、美穂をやり込めたことに対するものなんかではないことを、俺はよく分かっていた。

「……頑張ったの！」

さっきは、ぜえはあ言って実佳さんの後から風呂場を出てきた雪姫。

実佳さんの強者《つわもの》っぷりを考えれば、雪姫が色々聞き出すのは大変だっただろう。それはきっと、学生時代の恋愛であっても変わらない。というかラブレターのことだってそうと知らない状態から始めて情報引き出したんだ。

ああうん、十分すぎるほどに頑張ってくれたよ。

「ありがとな」

そんで。

「雪姫が居てくれて良かった」

そう言うと、雪姫は一瞬驚いたように目を丸くして、その瞳を潤ませて。

こしこしと擦《こす》ってから、花の咲いたような笑みを見せて頷《うなず》いた。

「うん！」

この可愛《かわい》い妹は、俺にとってはもう妹ってだけで十分すぎるほど大事な存在なんだけど。

それでも、俺のためにって頑張ってくれたことは、本当に嬉《うれ》しいことで。で、まあ。

拗れた関係がこれでどうにかなったというのは、それだけで有難《ありがた》いことなのだ。

「ただいまー」

声が響く。玄関の方からする声は、未桜と——それから親父のもの。

「お義父《とう》さん、これどこ持っていきま——いく？」

「ああ、とりあえずここでいいよ。ありがとう、未桜」

一緒に帰ってきたのか、たまたま一緒になったのか。それは分からないが。

どうやら——家族が揃《そろ》ったみたいだった。

俺に義妹が出来たあとの、実妹の変化がこちら

「この度は大変申し訳ありませんでした」

開幕は、親父による威厳もへったくれもない土下座からであった。

家族全員に見下ろされながらの正座は、はやくも家長としての立場を揺るがすものではあったが……まあ、うん。これに関しては擁護のしようがない。

だって人から貰《もら》ったラブレター落としてんだもん。

実佳《みか》さんがちゃんと親父のことが好きだったたって分かったのはこのラブレターの貢献が大きいから、俺はある種感謝してなくもないが。それを口にするわけにもいかないしな。

「まったく……普通、そっとしまっておくものじゃないの？」

実佳さんのお怒りはごもっとも。そしてこの構図は、かつて自分に憧れていた後輩の小さな身体《からだ》に見下ろされ、縮みあがる憧れの先輩さんである。情けねえ……。

「や、そのですね。こう……良くない癖なんですが」

「聞こうじゃないですか」

親父が頬の汗をハンカチで拭いながら弁明タイム。腕組みした実佳さんを見上げる姿は、先輩後輩でも夫婦でもなく上司と部下とかそんな感じに見える。

で、親父の弁明ってのは何でしょう。

「大事なものは同じファイルに突っ込む癖がありまして」

あ、実佳さん黙った。

思い返せば未桜がラブレターを拾った日、リビングで仕事をしていたのは親父だ。

その拍子に落としたんだと推測すると。

「ってことは親父、仕事の度に持ち歩いてんの？」

「あ、はは。そうなるね。恥ずかしいことに。あ、でもちゃんと本当はこのファイルの中に綺麗《きれい》にファイリングしてあるんだよ？」

見てみると、確かに。カードを入れるスリーブみたいな場所に、しっかり手紙が収まるタイプのファイルだった。丁寧に扱っているのは、分かる。

「風で飛ばされたりしたんかね。リビングの窓から俺と未桜《みお》が出入りしてたし」

「かもねえ。これからは気を付けるよ」

新居ゆえの過《あやま》ちか。さて判定はいかに、と親父と共に実佳さんの方を見やる。

「ま、まぁ……もうバレちゃいましたし……？　ていうか、あんな手紙まだ持ってたんだって驚きもありましたし……？」

目ぇ逸《そ》らした。これは親父、許されたかもしれませんね。

「うはー。我が母ながらチョロいなー……」

「美穂《みほ》？」

「な、なんでもないでーす！」

流石《さすが》公安の眼光、恐ろしい。

「さて、と。少し恥ずかしいけれど、良《い》いこともあったし。今日は私が夕飯の支度をするから、みんなゆっくりしていなさいな」

にこっと微笑《ほほえ》む実佳さんの瞳は、言葉とは裏腹に強い圧を感じるものだった。

「あ、じゃあ僕は実佳を手伝います、はい……」

肩を落とした親父の情けない顔。でもまあ、とびっきりの不幸というわけでもあるまい。

この歳《とし》になっての恋愛結婚ってのがどれだけレアケースなのかは知らないが、再会してからみるみる元気になった親父のことは知っている。

俺にもう、この二人による家族の行く末を案ずる理由はないのだ。

「頑張れ親父」

ほどなくしてキッチンの方から聞こえてくる、まな板に響く包丁の音。それから、はっきりとは聞こえない会話と、時折の笑い声。

ささやかな幸せがそこにあった。

さてリビング。実佳さんの一声で三々五々に散っていくものと思いきや、意外と子どもはみんな残っていた。

飲みかけのココアがあったから、ソファに戻る俺。

テーブルを挟んだ正面に、ちょこんと座る未桜。

未桜の居た場所にいたはずの美穂が、マグカップを持って俺の隣に。

そして歯磨きん時宜しく、無理やり俺と美穂の間にお尻をねじ込んできた雪姫さん。

「無理無理無理無理無理！　二人掛けが限界だからこのソファ！」

「大丈夫、わたし小さいから」

「そういう問題じゃなくない⁉」

おっかしいなあ……雪姫《ゆき》と美穂の問題も、二人の仲で解決したっぽいと思ってほっとしてたんだけどなあ。

「俺が小さくねえんだよな」

仕方がないので俺がどく。勢い余ってポテっとソファに収まる雪姫を置いて、俺はぐるっと回って未桜の隣へ。

「あ、ちょ、お兄ちゃん！」

「ふたりとも、もう少し仲良くなりませんかね」

「別に仲悪くないの。美穂があさましいだけなの」

「なんですかねその言い方⁉　無理くり割り込んでくる方がよっぽどじゃない⁉」

「だったら最初から席移動する理由無かったよね？　ちらっちら自分の席とお兄ちゃんの隣見比べてさあ！　マグカップ持ってうろうろして、しまいにゃ目ぇ瞑《つぶ》って『よし』とか言ってお兄ちゃんの隣に——」

「わーわーわー！　何全部聞いてんの⁉　あたしのストーカーか何か⁉」

「ちなみにあの『よし』はなに？　『勇気出して距離縮めるの、頑張れわたし』みたいなヒロイン気取り？」

「よぉしぶっ飛ばす。正面で雪姫のぶっさいくな顔を見せつけてやる」

「ちょ、そのわきわきした指は何——やめっ、あっやめるの！　あ、あはは！」

うーん……なんつーかこいつら。

「兄さん。やっぱり雪姫さんの言う通り、仲は悪くないいんじゃ」

「なんか俺もそんな気がしてきた」

隣を見れば、未桜が苦笑いしていた。正面では絶賛くすぐられている雪姫が大笑い。

美穂も美穂でいたずらスマイルってとこ見ると、この場で笑えてないのは俺だけか。

そんなん、良くないよな。口元を緩めて、未桜に向き直る。

「未桜もありがとな」

「え……なにが？」

何かしたっけ、と首をこてんと傾《かし》げる未桜。

「未桜と話したおかげで、俺も色々考えることがあったからさ。よく分かんないかもしれないけど、受け取っておいて欲しい」

実際マジでそうだったし、と思って言ってみれば花咲くような可愛らしい笑顔。

「……兄さんがそう言うなら」

「ああ。いやほんと、未桜みたいな妹が居てくれて、俺は嬉しいよ」

「そ、そうなの……？　ありがと、兄さん。ふへへ……」

可愛いなあこの子。

「これからも宜しくな。俺は未桜が居ないとダメなのかもしれない」

「えっ、いや、そんなっ」

そっと手を取って見つめてみる。

「ぁ、ぁぅ……兄、さ……」

「──お兄ちゃん！！！」

と、声に反応して振り向けば、雪姫と美穂がいつの間にか戦いを中断していた。

「あれ、姉妹の親交は深め終わったのか？」

「むしろ妹の領域に侵攻されてるの。……それは良くて！　いや良くないけど一旦おいといて！　お兄ちゃん、なに未桜口説いてるの？」

ブリザードのような視線だった。雪の姫ってそういう？

と、美穂も美穂で未桜を見つめてにこにこと。

「未桜は、あたしの味方だよね？」

どういう発言？

「そりゃ姉妹が敵同士なんてそうそう起こり得るもんじゃないと思うが」

「皇季《こうき》さんは黙っててください！」

あ、はい。

ちらっと未桜の様子を窺《うかが》うと、俺の手をぎゅっと握ったまま。

「で、でも兄さんには、私が一緒に居てあげないと……」

「なに急に皇季さんの世迷言《よまいごと》を真に受けてるんですかね！」

世迷言とは失礼な。お前らが秘密を共有するほどの仲良しでいるように、俺も未桜と仲良しでいる権利があるはずだ。

まあ、自分で口走っておいてなんだけど『未桜が居ないとダメなお兄ちゃん』って扱いは未桜のお兄ちゃん観的にはセーフで良いんでしょうか。

なんか覚悟を決めたご様子でこちらを見てらしているので、大丈夫そうではあるけども。

「まったく……それよりもですよ皇季さん」

「ん？」

探るように見上げる美穂の顔。

「新学期になったらまた部活も本格化しちゃうので、良かったらその前にどっかお出かけ行きませんか？」

「お、良いな。っつってもあまり俺も出かけ先のレパートリーが多くないんだが。美穂はそのお出かけ、候補地はあるのか？」

するとと美穂は天井を眺めながら指を折り始める。

「そうですねえ。じゃあ臨海公園とか、スカイツリーとか、池袋のプラネタリウムとか」

「ゴリゴリのデートスポットしか無いじゃん‼　大人しく一人で近くの公園の散歩でもしてれば良いの！」

「一緒に出掛けるって話なのにどうして一人で散歩なんですかね⁉　あ、こ、皇季さん！池袋と言えば水族館なんかも良いところがあって——」

「デートじゃん！　もうそれは完全にデートじゃん‼」

姦《かしま》しいなあ。揉《も》めるくらいなら家族で行けばいいとも思ったけど、流石にちょっと池袋のプラネタリウムに家族で行くのは色々世間体がしんどそうだ。

「はあ。じゃあ雪姫がうるさいですし、文句言われないようにまた公園散歩にします？」

「この前は余裕無かったしな。別の公園？」

「昭和記念公園とか、自転車なんかも借りられて気持ち良いらしいですね！」

楽し気な美穂。昭和記念なんかは確かに良いよな。歩くだけでも十分楽しめる。

「だからデートじゃん‼　っていうかなんか今、美穂、え？　え？　またってなに？」

「この前、楽しかったなーって」

「うぎぎ」

「ふっふっふ。公園がつまらないなどと、これだからインドア雪姫はダメなのです」

「インドアってほどインドアじゃないんだけど！」

意外とな。公園歩いてるだけで話がはずんだり、日差しが気持ちよかったり、楽しいことは多くある。公園に限った話じゃない。外を一緒に歩くだけで楽しいものだ。その相手が親しくて、大切なものなら。

「兄さん、兄さん」

「どうした？」

まだ握っていた手を少し振って、自己アピールする未桜さん。

見れば、ちょっと照れくさそうに、そんで甘え下手なのか恐る恐る見上げて。

「私も……兄さんとお出かけしたいって……言ってもいい？」

「よし今から行こうか」

「ぴっ⁉」

こんな可愛《かわい》い妹の頼み断るとか人として無理でしょ。

「皇季さん、未桜にやたら甘くないですか⁉」

「そうだよお兄ちゃん！　妹なら間に合ってるよ！　っていうかいつまで繫《つな》いでるの！」

ぐいっと持っていかれる、俺のもう片方の手。

「ほら！　妹！　こっちにいるよ！　可愛い妹が！」

……。

「な、なぜだまる！！！」

見上げれば、ソファの傍《そば》に立っている俺の妹。あせあせと、俺の反応が無いことに随分とテンパっている彼女は確かに、俺の妹だ。うん。そう、俺の妹。

昔は可愛かった妹から、随分と長い間突き放されてしまって……そしてこうして、義妹が二人出来て。それが直接の原因ってわけじゃあ、ないけれど。

ふと、なんだか感慨に浸ってしまった。

その間も、ぷるぷると雪姫は震えている。

「も、もう実妹はお払い箱……義妹が増えたからそれでいい……」

「闇堕《お》ち早すぎるだろ」

悪かった悪かった。雪姫をないがしろにするつもりはない。

「愛してる」

「ぴっ⁉」

動かなくなっちまった。

でも……今回のことは、雪姫にたくさん気づかされた。

「ありがとうな、雪姫」

「……う、うん。いつでも、頼ってね？」

そう、雪姫は照れたように微笑《ほほえ》んだ。

なんだか妙に生暖かい目で雪姫を見ている美穂《みほ》はきっと、俺と雪姫の拗《こじ》れた関係を誰よりもよく把握しているからだろう。

美穂曰《いわ》く、可愛い妹のポジションは譲る、だったか。

だから俺は笑って言ったのだ。

「心配すんな。妹なんて、何人増えても良いもんだからな」

するど。

「もう要らないの！」

と雪姫。

「ちょっと勘弁してほしいですね」

と美穂。

「……兄さん、それはちょっと」

と未桜。

総スカンである。……何気に未桜のが一番ダメージでかいんだけど。今の発言はどうやら理想のお兄ちゃん像にそぐわないらしい。

「悪かった悪かった。別に増えて欲しいわけじゃない。増えたから必要なくなるなんてことは無いって話をだな」

「ん。……分かってるの。お兄ちゃんは、そう言う」

こくんと頷《うなず》いて、雪姫は顔を上げた。

「でも、美穂にも未桜にも負けないから。これからも……その。お兄ちゃんの妹が良《い》い」

照れが入ってしまったのか、目は逸《そ》らしてしまったが。

それでも、こんなに嬉《うれ》しい話は無かった。負ける負けないはともかく、この一件が無い頃には考えられなかったことだから。

まっすぐに、宣言するように。もう一度向き直った雪姫が、俺と目を合わせて言った。

「お兄ちゃん！」

「ん？」

「大好き！」

俺に義妹が出来たあとの実妹の変化が、まあ。こちらになります。

あとがき

高科《たかしな》です。対戦ありがとうございました。

編集様、イラストレーター様、スタッフの皆様のおかげで、こうして好きなラブコメを出すことができました。

読者の皆様にとって楽しいものになっていたら、私の勝ち。

ご購入いただいた読者の皆様にとって楽しい作品だったなら、読者様の勝ち。

よい対戦になったことを祈ります。それでは。

富士見ファンタジア文庫

俺《おれ》に義妹《ぎまい》が出来《でき》た後《あと》の
実妹《じつまい》の変化《へんか》がこちら

令和５年12月20日　初版発行

著者――高科恭介《たかしなきょうすけ》

発行者――山下直久

発　行――株式会社KADOKAWA
〒102-8177
東京都千代田区富士見2-13-3
0570-002-301（ナビダイヤル）

印刷所――株式会社暁印刷

製本所――本間製本株式会社

※定価はカバーに表示してあります。
●お問い合わせ
https://www.kadokawa.co.jp/（「お問い合わせ」へお進みください）
※内容によっては、お答えできない場合があります。
※サポートは日本国内のみとさせていただきます。
※Japanese text only

ISBN978-4-04-075178-8 C0193 ◇◇◇

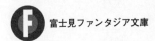

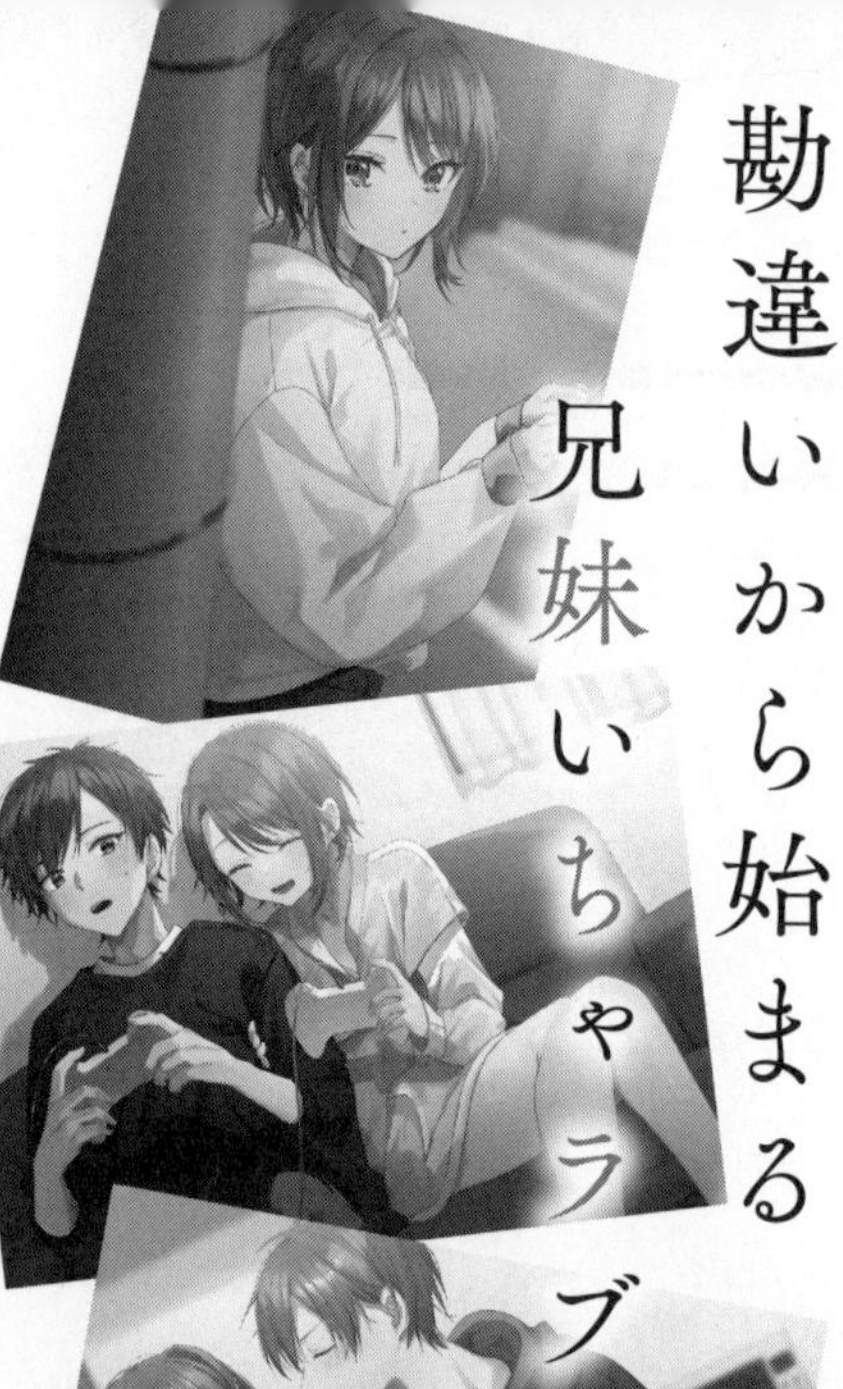

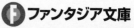

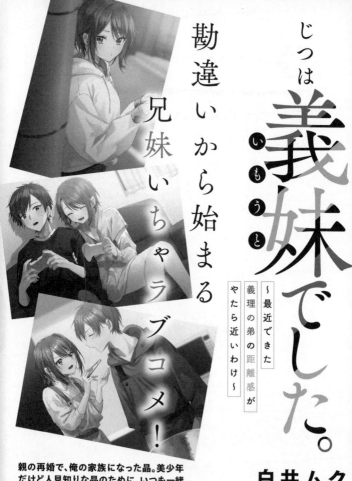

僕、兄貴のこと
すっごく好きだよ！
シリーズ
重版続々
大ヒット
発売中!!

ファンタジア文庫
週に一度
クラスメイトを
買う話
～ふたりの時間、言い訳の五千円～
羽田宇佐 はねだ・うさ
イラスト／U35 うみこ
USA HANEDA

「す、好きです!」「えっ? ススキです!?」。
陰キャ気味な高校生・加島龍斗は、
スクールカースト最上位&憧れの白河月愛に
罰ゲームきっかけで告白することになった。
予想外の「え、だって今わたしフリーだし」という理由で
付き合うことになった二人だが、
龍斗はイケメンサッカー部員に告白される
月愛の後をつけて盗み聞きしてみたり、
月愛は付き合ったばかりの龍斗を
当たり前のように自室に連れ込んでみたり。
付き合う友達も遊びも、何もかも違う2人だが、
日々そのギャップに驚き、受け入れ合い、
そして心を通わせ始める。
読むときっとステキな気分になれるラブストーリー、
大好評でシリーズ展開中!

ありふれた毎日も
全てが愛おしい。

済みなキミと、
ゼロなオレが、
き合いする話。

ファンタジア文庫
何気ない一言も
キミが一緒だと
経験
経験
お付
著／長岡マキ子
イラスト／magako

無自覚最強ハーレム！
シリーズ好評発売中！
妹が女騎士学園に入学したらなぜか救国の英雄になりました。
僕
ぼくが。
After my sister enrolling in Girl Knights'School, I become a HERO.
author.
ラマンおいどん
ill. なたーしゃ
ファンタジア文庫

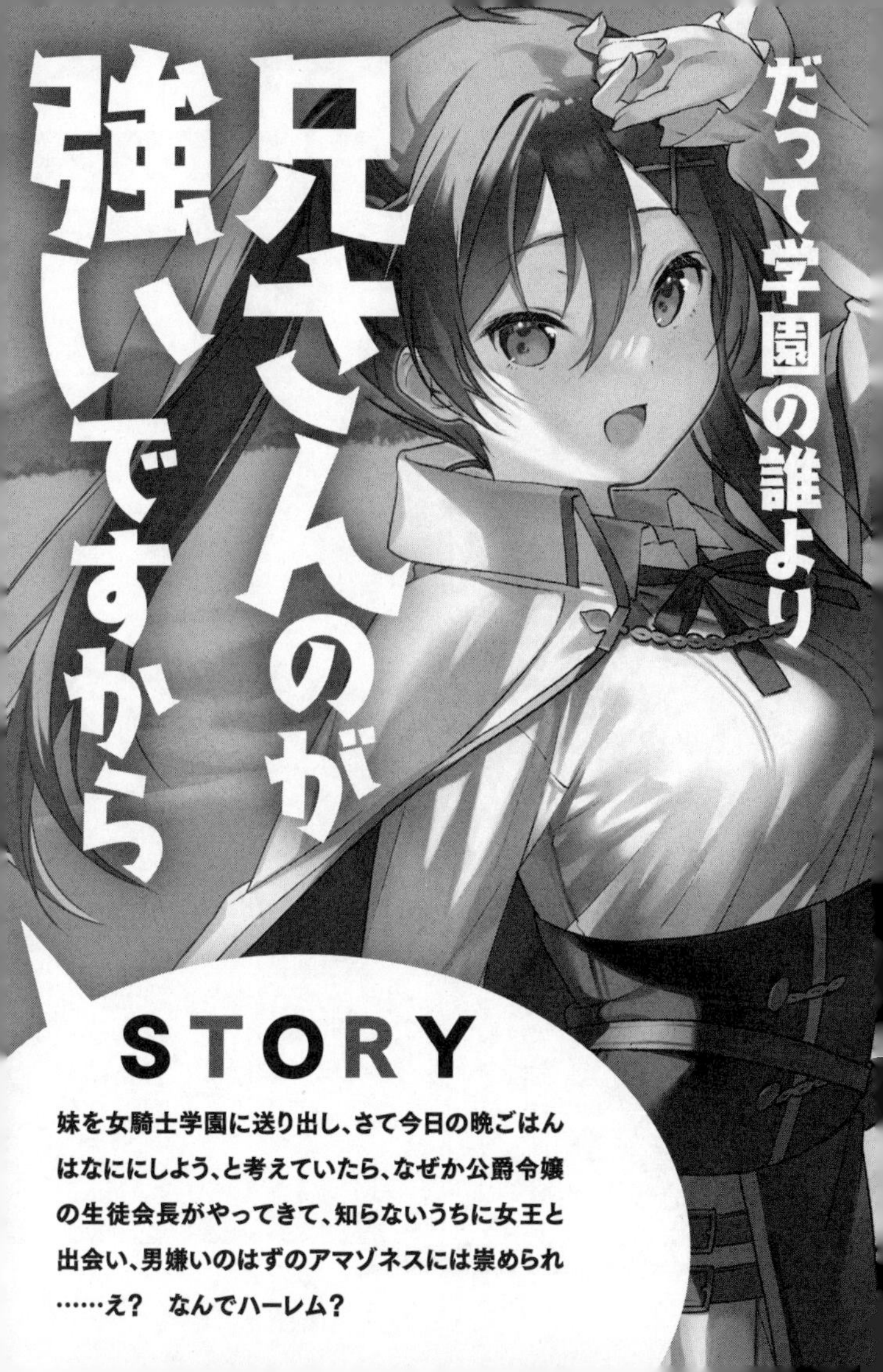
だって学園の誰より
兄さんのが
強いですから
STORY
妹を女騎士学園に送り出し、さて今日の晩ごはんはなににしよう、と考えていたら、なぜか公爵令嬢の生徒会長がやってきて、知らないうちに女王と出会い、男嫌いのはずのアマゾネスには崇められ……え？　なんでハーレム？

騙しあい。

各国がスパイによる戦争を繰り広げる世界。任務成功率100%、しかし性格に難ありの凄腕スパイ・クラウスは、死亡率九割を超える任務に、何故か未熟な7人の少女たちを招集するのだが――。

シリーズ
好評発売中！

ファンタジア文庫

世界最強の
“不可能任務”に挑む少女たちの
痛快スパイファンタジー！
スパイ
教室
竹町
illustration
トマリ

これは世界を救う
久遠崎彩禍。三〇〇時間に一度、滅亡の危機を迎える世界を救い続けてきた最強の魔女。そして——玖珂無色に身体と力を引き継ぎ、死んでしまった初恋の少女。
無色は彩禍として誰にもバレないよう学園に通うことになるのだが……油断すると男性に戻ってしまうため、女性からのキスが必要不可欠で!?
シン世代ボーイ・ミーツ・ガール!
1
王様のプロポーズ
King Propose
橘公司
Koushi Tachibana
[イラスト]——つなこ

最強の初恋
シリーズ
好評発売中!
ファンタジア文庫

双星の
無名の青年が天下無双の大活躍！
彼の前世は、最強の英雄だ！
華流転生ソードファンタジー。

切り拓け！キミだけの王道
ファンタジア大賞
原稿募集中！
賞金
《大賞》300万円
《金賞》50万円
《銀賞》30万円
選考委員
細音啓「キミと僕の最後の戦場、あるいは世界が始まる聖戦」
橘公司「デート・ア・ライブ」
羊太郎「ロクでなし魔術講師と禁忌教典《アカシックレコード》」
ファンタジア文庫編集長
前期締切 8月末日
後期締切 2月末日
公式サイトはこちら！ https://www.fantasiataisho.com/
イラスト／つなこ、猫鍋蒼、三嶋くろね